Fantômette contre le géant

RETROUVEZ  DANS LA BIBLIOTHÈQUE ROSE

Fantômette au carnaval
Fantômette et la télévision
Fantômette et le château mystérieux
Fantômette et son prince
Les sept Fantômettes
Fantômette et la lampe merveilleuse
Fantômette contre Fantômette
Fantômette s'envole
Fantastique Fantômette
Fantômette brise la glace
Les exploits de Fantômette
Fantômette et le trésor du pharaon
Fantômette contre le géant
Fantômette chez le roi
Fantômette et le dragon d'or
Mission impossible pour Fantômette
Fantômette fait tout sauter
Fantômette contre la Main Jaune
Fantômette à la Mer de Sable
Fantômette viendra ce soir
Fantômette et la grosse bête
Fantômette et le brigand
Fantômette et la maison hantée
Fantômette et le mystère de la tour
Le retour de Fantômette

Georges Chaulet

Fantômette contre le géant

Illustrations
Patrice Killoffer

Françoise

Sérieuse et travailleuse, Françoise est une élève modèle qui se passionne pour les intrigues. Vive, pleine de bon sens et intrépide, n'aurait-elle pas toutes les qualités d'une parfaite justicière ?

Boulotte

Gourmande avant tout, elle se moque pas mal du danger... tant qu'il y a à manger !

Mlle Bigoudi

Si elle apprécie Françoise, l'institutrice s'arrache souvent les cheveux avec Ficelle et lui administre bon nombre de punitions.
Que penserait-elle si elle était au courant des aventures des trois amies !?

Ficelle
Excentrique, Ficelle collectionne toutes sortes de choses bizarres. Malgré ses gaffes et son étourderie légendaire, elle est persuadée qu'elle arrivera un jour à arrêter les méchants et à voler la vedette à Fantômette…

Œil de Lynx
Reporter, il suit de près les méfaits des bandits. Il est le seul à connaître la véritable identité de Fantômette et n'hésite pas, à l'occasion, à lui filer un petit coup de main !

© Hachette Livre, 1963, 1995, 2000, 2006, pour la présente édition.
Tous droits de traduction, de reproduction
et d'adaptation réservés pour tous pays.

Hachette Livre, 43, quai de Grenelle, 75015 Paris.

chapitre 1
L'étrange voleur

« Si la gouttière cède, je tombe dans le vide ! » pense Fantômette. Les bras allongés au-dessus de la tête, les mains agrippées au rebord de la gouttière, elle se balance à la hauteur du toit de la ferme. La nuit est noire, profonde. L'horloge du clocher de Framboisy vient de sonner onze heures. La jeune acrobate ouvre tout grands des yeux qui sont aussi perçants que ceux d'un chat. Elle s'immobilise pendant un instant pour respirer lentement, profondément. Elle vient d'escalader la façade du bâtiment en s'accrochant au tuyau en zinc de la descente d'eau. Lorsqu'elle juge que son cœur a repris un rythme régulier, elle se rapproche d'une fenêtre entrouverte. La pointe de ses pieds touche le bloc de pierre formant l'appui. Avec précaution, elle lâche sa prise d'une main, se suspend à la saillie d'une des pierres dont est faite la bâtisse, et, doucement, se laisse glisser sur le rebord de la fenêtre.

Elle jette un coup d'œil à l'intérieur de la ferme. La fenêtre donne dans un vaste grenier au plancher de bois, à moitié recouvert par un tas de foin, des vieux meubles et des outils agricoles hors d'usage. Tout au fond de ce vaste local brille le faisceau blanc d'une lampe électrique posée sur un tonneau. Au pied du tonneau, un homme est agenouillé. Il a devant lui un coffre ouvert, sur lequel il s'appuie en feuilletant fébrilement les pages d'un livre – un missel – à couverture de cuir noir. Il cesse soudain de tourner les pages, et pousse une exclamation qui semble marquer sa satisfaction. Il tire d'une poche un crayon et un papier qu'il étale sur un genou. Puis il se met en devoir de recopier quelque chose qui est écrit sur la dernière page du volume.

Un sourire se dessine sur les lèvres de Fantômette, qui pense : « Mes prévisions étaient exactes. Le bonhomme est bien venu cette nuit. Il ne me reste plus qu'à trouver la rai-

son de sa visite, c'est-à-dire savoir ce qu'il est en train de recopier. »

Lentement, sans faire plus de bruit qu'une souris prudente, elle se rapproche de l'homme qui continue d'écrire sans se douter de sa présence. Elle avance pas à pas, et ne se trouve bientôt plus qu'à trois mètres en arrière du visiteur nocturne. Elle peut voir que le texte qui l'intéresse si fort est écrit à la main et forme quatre vers. De quoi s'agit-il ? Elle hésite une seconde, s'interrogeant sur ce qu'il convient de faire, puis elle prend soudain une décision. Sa main droite tire de son fourreau un mince poignard florentin qu'elle porte à la ceinture, en même temps qu'elle allume la puissante lampe électrique dont elle s'est munie. Elle ordonne :

— Donnez-moi ce papier !

L'homme se retourne en poussant un cri. Il reçoit en pleine face le jet de lumière. Ses yeux, petits, ronds, forment deux points noirs dans un visage ridé et assombri par une barbe mal rasée. La surprise, l'étonnement lui font ouvrir la bouche à demi. Il bégaie :

— Qui... qui êtes-vous ? Que... que voulez-vous ?

Ébloui par la lumière, il tâtonne pour saisir

sa propre lampe qu'il dirige vers la nouvelle venue. C'est, selon toute apparence, une jeune fille, mais dont le costume ne manque pas d'originalité. Une sorte de justaucorps jaune à large col, des collants de couleur noire, une cape de soie rouge retenue sur la poitrine par une agrafe d'or en forme de F. Le visage est dissimulé par un de ces loups noirs qui sont en usage dans les bals masqués.

— Fantômette !

— Oui, dit la jeune justicière d'un ton calme, je suis Fantômette. On me rencontre chaque fois qu'une action malhonnête se prépare. J'ai déjà empêché bon nombre de malfaiteurs d'accomplir leurs forfaits, et je crois que, cette nuit, il en sera de même. Car, n'est-ce pas, ce que vous faites ne saurait être crié sur les toits ?

L'homme ne répond pas. Lentement, il se remet debout, les yeux fixés sur son étrange interlocutrice. À mi-voix, il demande :

— Comment avez-vous su que j'allais venir ici cette nuit ? Je n'en ai parlé à personne...

Avec un sourire amusé, Fantômette lance en l'air sa lampe qui tourbillonne, la rattrape au vol et dit :

— C'est d'une simplicité extrême. Cet

après-midi, vous vous êtes rendu à la quincaillerie du Petit-Vulcain, sur la grand-place de Framboisy, où vous avez acheté une pince-monseigneur, en expliquant au vendeur que vous aviez besoin de cet outil pour déclouer des caisses d'oignons à fleurs. Vous avez donné de nombreuses explications, indiquant la dimension des caisses, leur nombre, leur poids et la quantité de clous qui maintenaient les couvercles.

— Comment diable le savez-vous ?

— J'étais dans la quincaillerie pour y acheter un pot de peinture rouge. J'ai l'intention de repeindre mon vélomoteur... Mais ceci importe peu. Donc, je vous ai entendu fournir maints détails au sujet de cette pince. Et cela m'a paru assez suspect. Quand on achète un outil, on n'éprouve pas le besoin d'en justifier l'emploi avec une telle insistance...

— Mais... Je ne vous ai pas vue.

Fantômette se met à rire.

— Vous ne croyez tout de même pas que je me promène dans Framboisy avec le costume que je porte en ce moment ? Non, je le réserve pour mes petites expéditions. Donc, vous n'avez pas fait attention à moi. Mais, pour ma part, je vous ai pris en filature. Vous avez parcouru cinq cents mètres, et vous êtes entré dans un bazar où vous avez acheté une lampe électrique. Cette fois, j'étais fixée. Pince-monseigneur plus lampe électrique égalent cambriolage. Et vous voyez que j'ai eu du flair.

L'homme hoche la tête et grogne :

— Je ne suis pas un cambrioleur.

— Soit. Je veux bien vous croire. Mais alors, expliquez-moi ce que vous êtes venu faire ici. Pourquoi recopiez-vous ces quatre vers ?

L'homme ne répond pas. Il hésite, tenant d'une main le livre, de l'autre le papier. Fantômette tranche d'un seul coup la question. D'un vif mouvement, elle arrache la feuille de papier et recule d'un bond en éteignant sa lampe. L'homme, subitement effrayé, croit que Fantômette va le frapper d'un coup de poignard. Il pousse un cri et se rue vers la porte du grenier en serrant le missel contre sa poitrine. En un instant, il disparaît dans l'escalier. Fantômette hausse les épaules sans se donner la peine de le poursuivre. Elle rallume sa torche et la braque sur la feuille. Trois lignes y sont tracées au crayon, d'une main malhabile :

12

Quand le Géant apparaîtra
Et que l'étoile écrasera
Alors la porte s'ouvrira

— Que peut donc bien signifier ce charabia ? Le bonhomme a pris la peine d'acheter une pince, de pénétrer dans cette ferme et de forcer ce coffre pour le plaisir d'écrire trois lignes absurdes ? Je veux bien être récompensée si j'y comprends quelque chose !... Il est vrai que je l'ai interrompu avant qu'il ait fini de recopier la quatrième ligne, ce qui m'aurait peut-être fourni une explication...

Elle met le papier dans une petite poche de son justaucorps, éteint sa lampe et sort du grenier. Elle se laisse descendre le long de la conduite d'eau jusqu'à ce que ses pieds touchent le sol.

Dix minutes plus tard, elle se glisse dans son lit en étouffant un bâillement.

— Et dire que je voulais me coucher de bonne heure, parce que demain il y a école !

chapitre 2
Ficelle et la Loire

Mlle Bigoudi, l'institutrice, lit à haute voix le sujet de la composition :

— Mesdemoiselles, l'épreuve d'aujourd'hui portera sur la Loire. Vous allez prendre une feuille double et indiquer, premièrement, le lieu où la Loire prend sa source, avec l'altitude de ce point ; deuxièmement, les affluents de la rive droite et de la rive gauche ; troisièmement, le nom de l'endroit où la Loire se jette dans l'océan. Vous direz, évidemment, de quel océan il s'agit. Quatrièmement, vous citerez les principales villes arrosées par la Loire. Enfin, vous donnerez un aperçu de son cours, en précisant s'il s'agit d'un fleuve rapide ou lent, à débit régulier ou non. Dans une heure exactement, je relèverai vos copies.

Ficelle fait la grimace. L'étude de la Loire ne la passionne pas particulièrement, et elle ne se sent guère d'humeur à disserter sur un sujet aussi peu engageant. C'est une grande fille blonde, rêveuse, étourdie, qui ne peut concentrer son attention que sur des sujets extrascolaires, comme les CD 2 titres, la nouvelle mode pour les chaussures, ou l'efficacité du super dentifrice spatio-fonctionnel à base de Z-33 radioactivé. L'institutrice s'efforce, mais en vain, de lui faire entrer dans le cerveau des notions utiles et intéressantes, comme la date de la bataille de Malplaquet[1] ou le nom de la capitale du Honduras[2]. Ficelle est résolument hostile à l'étude de l'histoire, de la géographie ou de l'arithmétique, et ce triste état de choses se traduit par une effroyable accumulation de sanctions. Il ne se passe guère de jour sans que la grande Ficelle ne soit gratifiée de deux heures de colle ou plus, ou ne se voie attribuer quelques centaines de lignes à copier. La grande fille se console en songeant au dernier

1. 1709.
2. Tegucigalpa.

(ou au prochain) épisode du feuilleton en vogue à la télévision.

Devant elle, une écolière brune à mine éveillée contraste avec cette indolence. C'est Françoise, l'élève sérieuse, intelligente, qui comprend vite et retient facilement ses leçons. La Loire n'offre pour elle aucune difficulté, et sa feuille de composition est rapidement couverte d'indications précisant exactement tout ce qu'il faut savoir sur la Loire, depuis l'altitude du mont Gerbier-de-Jonc, jusqu'à la largeur de l'embouchure où le fleuve se jette dans l'océan Atlantique (selon les affirmations de Mlle Bigoudi).

Sur un banc voisin est assise une fille aux joues rebondies, qui répond au nom de Boulotte. Sans doute aurait-elle fait une bonne écolière, si son esprit n'était pas encombré par d'innombrables recettes de cuisine. Lorsque d'aventure l'une d'elles lui revenait en mémoire, elle s'empressait de la transcrire sur un cahier de calcul, ou de dessin, ou d'histoire. Ce qui ne manquait pas de plonger Mlle Bigoudi dans des abîmes de perplexité quand elle découvrait, à la place du règne de Louis XIV, la recette des raviolis à la napolitaine...

Cette gourmande inscrit ce qu'elle sait sur le plus long fleuve français (le tout tient en trois lignes), puis elle repose son stylo-feutre et tire de son casier une barre de fruits confits, dont elle enlève délicatement l'enveloppe de cellophane, et qu'elle se met à déguster avec les claquements de langue d'une personne experte en matière de confiserie.

Ficelle, Françoise et Boulotte forment à elles trois un club de détectives amateurs dont le programme ambitieux est de contrecarrer les activités néfastes des espions et des gangsters internationaux. Vaste programme, certes, mais qui n'effraie point la présidente, Ficelle. Elle a lu un certain nombre de romans policiers dans lesquels les voleurs ou les criminels sont régulièrement trahis par un bouton perdu ou par un bout de cigarette. Instruite de cette technique policière, Ficelle a entrepris la collection méthodique des boutons ou des mégots qu'elle trouve au hasard des rues. À la sortie de l'école, on peut la voir marcher à pas comptés, la tête basse, les yeux rivés sur le caniveau, ramassant de temps en temps un lacet de soulier ou un emballage vide de cigarettes, qu'elle place soigneusement dans une boîte à chaussures à compartiments numérotés.

Chaque objet porte la mention du lieu et de l'heure de la découverte. Ce qui donne à peu près ceci :

N° 18 PAQUET DE TABAC (vide), ramassé à 25 m du commissariat de police de Framboisy à 16 h 30. Objet suspect.

N° 19 BOUTON de chemise en plastique blanc. Récupéré dans le chemin des Peupliers, à 100 m d'une villa qui a été cambriolée il y a deux ans. Appartient peut-être à l'un des voleurs.

Si la présidente du club possède – on vient de le voir – une remarquable aptitude à déceler la piste des criminels, elle éprouve en revanche bien des difficultés pour se rappeler les affluents de la Loire. Ces affluents, elle les a appris, sans doute, mais la semaine précédente. Époque lointaine... Depuis, elle a eu cent fois le temps de les oublier... Voyons... N'y a-t-il pas la Durance ? Non, la Durance, ce doit être quelque rivière des Pyrénées... Alors la Lozère, peut-être ? Mais est-ce bien sûr ?... Pourtant, elle les a appris par cœur, ces affluents !

Le mieux est de demander à Françoise, qui n'est jamais embarrassée pour répondre à une question de Mlle Bigoudi. Ficelle arrache de son cahier d'arithmétique une demi-feuille sur laquelle elle écrit son S.O.S. :

SAIS PAS QUELS SONT AFFLUENTS. DIS-LES-MOI.

Elle plie le papier en huit, fait « Pssst ! », et le lance discrètement vers Françoise. Le message atteint la table, rebondit et tombe au milieu de l'allée. Ficelle étouffe un cri de déception. Mlle Bigoudi tourne la tête vers elle en fronçant les sourcils. Diable ! Il ne s'agit pas de recommencer cette dangereuse opération. La seule ressource est maintenant de jeter un coup d'œil discret sur le livre de géographie qui se trouve dans son casier. Mais il faut pour cela soulever le pupitre, opération délicate qui échapperait difficilement à l'œil vigilant de l'institutrice.

Tout doucement, avec mille précautions et en regardant vers le plafond d'un air inspiré pour donner le change, la grande fille glisse la main dans le casier et réussit à en extraire partiellement un livre sur lequel elle jette un bref coup d'œil. « Malheur ! C'est mon bouquin d'histoire ! » En tâtonnant, elle explore l'intérieur du casier. Il ne contient qu'un seul volume. « Sapristi ! Je me suis trompée ! J'ai pris mon livre d'histoire au lieu de ma géographie. » La composition est de plus en plus compromise !

Mlle Bigoudi consulte sa montre et annonce :

— Dans cinq minutes, je ramasse toutes les feuilles.

Les retardataires élèvent quelques murmures de protestation, tout en redoublant de vitesse et en tirant la langue, ce qui facilite considérablement leur travail. Les cinq minutes écoulées, Mlle Bigoudi se lève et commence à ramasser les copies. C'est alors qu'une brusque inspiration traverse l'esprit de Ficelle. Soudain, avec la clarté d'un éclair, les noms lui reviennent, se pressent dans son cerveau ! En un effort désespéré, du plus vite qu'elle le peut, elle écrit la liste des affluents de la Loire : « l'Ariège, le Tarn, le Lot, la Dordogne, la Save, le Gers, la Baïse... » Et c'est avec un sourire de contentement qu'elle remet sa feuille à Mlle Bigoudi. Allons, les choses ne se sont pas trop mal passées, et elle est à peu près sûre d'avoir la moyenne...

La récréation permet aux trois amies de se réunir dans la cour pour échanger leurs impressions au sujet de la composition. Ficelle est épouvantée d'apprendre qu'elle a confondu la Garonne avec la Loire, et que sa note se rapprochera certainement de zéro. Françoise la console en lui rappelant qu'elle a l'habitude de voir son carnet de notes s'orner d'un chiffre circulaire, et lui propose de se changer les idées en allant bavarder avec la « nouvelle ».

Car, depuis le matin même, la classe compte une nouvelle élève, Colette Legrand, qui arrive en cours d'année. C'est une fille d'allure tranquille, un peu timide, qui regarde le monde à travers des lunettes rondes qui lui donnent un air constamment étonné. Mlle Bigoudi l'a dispensée de faire la composition, et elle a passé l'heure à lire les morceaux choisis d'un livre de français. Maintenant elle se tient debout, toute seule dans un coin, ne connaissant encore personne. Elle est tout heureuse que Ficelle, Boulotte et Françoise viennent lui tenir compagnie. Ficelle se présente comme la présidente d'un club de détectives très actif. Boulotte lui offre des caramels et Françoise lui propose de lui prêter ses cahiers pour qu'elle puisse se mettre au courant, puis elle lui demande où elle habite.

— Jusqu'à présent, répond-elle, je vivais à Paris. Mais papa et maman viennent d'acheter une ferme ici, à Framboisy. Nous allons nous y installer.

— À quel endroit est-elle, cette ferme ?

— À deux kilomètres de la ville, près d'un bois. Cela s'appelle le Clos des Fougères.

— N'y a-t-il pas des ruines dans ce coin ?

— Si, une vieille chapelle, tout au bout du domaine.

Boulotte avale trois caramels d'un seul coup et demande :

— Pourquoi ton père a-t-il acheté cette propriété ?

— D'abord, parce qu'elle n'était pas chère ; ensuite, parce qu'il voudrait y installer une colonie de vacances. Il est professeur de culture physique et s'occupe beaucoup des camps de vacances.

— Moi, dit Ficelle, je la connais, cette ferme. Je suis passée à côté un jour que je chassais un papillon mauve. Non, jaune... Attendez... non, c'était un papillon mauve ou vert. J'ai l'impression qu'elle est à moitié démolie.

— Oh oui ! Elle est assez abîmée. Mais mes parents sont déjà en train de la remettre en état. Depuis deux jours que nous sommes arrivés, mon papa n'a pas cessé de donner des grands coups de marteau, et maman a presque usé un balai. Moi, je les aide en faisant de la peinture.

La grande Ficelle dresse l'oreille.

— Comment, tu fais de la peinture ?

— Oui. J'ai déjà repeint en marron la porte de l'entrée et un petit bout du portail.

— Tu en as de la chance ! J'aimerais bien aussi manier un peu le pinceau !

Colette se met à rire.

— Tu sais, si tu veux t'amuser à barbouiller, le travail ne manque pas ! Il faut aussi cimenter le bassin des canards, réparer la pompe à eau, enlever les mauvaises herbes des allées et nettoyer un grand emplacement qui servira comme plateau de culture physique, le jour où les enfants y viendront.

— Tu crois que ton père serait content que l'on vienne l'aider ?

— Je pense bien. Cela lui ferait plaisir. à maman aussi, et à moi.

Françoise et Boulotte se proposent également pour donner un coup de main à M. Legrand, à la grande joie de Colette qui redoutait un peu en venant à Framboisy de se trouver sans aucune camarade. Il est convenu que les trois détectives abandonneront provisoirement leurs activités policières pour faire quelques travaux de menuiserie ou de jardinage, et contribuer ainsi, dans la mesure de leurs moyens, à la création du camp de vacances.

À son retour de l'école, Colette fait part à ses parents de la proposition de ses nouvelles amies. Ainsi que prévu, cette offre est accueillie avec grand plaisir par M. et Mme Legrand, qui chargent leur fille d'inviter Françoise, Ficelle et Boulotte pour la journée du lendemain, un mercredi.

La plus contente de toutes est la grande Ficelle. Exceptionnellement, elle n'est pas en retenue ce jour-là !

chapitre 3

La maisonnette rouge

Fantômette démarre un minuscule cyclomoteur et s'élance sur la route qui mène au Clos des Fougères. Dans le silence nocturne s'élèvent les lointains aboiements d'un chien qui s'ennuie. Piquées sur le ciel noir, des milliers d'étoiles clignent de l'œil. Un petit morceau de lune jaunâtre émerge de l'horizon. Quelque part, le long de la route, un grillon mal huilé grince des ailes.

Elle dépasse la propriété des Legrand, ne s'arrêtant qu'à proximité du bois qui s'étend au-delà des ruines de la vieille chapelle. Puis elle descend de sa machine, qu'elle dissimule dans l'épaisseur d'un fourré, et s'engage à travers le sous-bois. Cinq minutes plus tard, elle atteint une lisière devant laquelle s'étend un champ d'herbe courte. À l'autre bout de ce champ, un bouquet de frênes. Au pied de ces arbres, une maisonnette de bois peint en rouge, dont une fenêtre laisse filtrer un peu de lumière.

La jeune fille longe une barrière de bois qui clôture le champ, et s'approche silencieusement de la fenêtre. Les volets sont vétustes, mal joints, et elle peut sans difficulté glisser son regard à l'intérieur.

L'ameublement de la pièce est sommaire : une table et deux chaises en bois blanc ; une armoire massive au sommet de laquelle pend un fusil de chasse ; un lit de fer.

Assis derrière la table, se trouve l'homme que Fantômette a surpris en train de recopier la formule du missel. Il tient en main une paire de pinces avec lesquelles il tortille des bouts de fil de fer qui, ajustés ensemble, forment une sorte de carcasse.

« Que fabrique-t-il ? se demande Fantômette. Un panier, une nasse pour prendre des poissons ? Ou une cage à écureuils ? »

Elle reste un long moment immobile, observant le travail de l'homme sans parvenir à deviner l'usage de la carcasse. L'hypothèse la

plus vraisemblable est celle d'une sorte de piège permettant de capturer des renards ou des furets...

Finalement, l'homme remet les pinces dans une caisse à outils, et range l'objet inconnu dans l'armoire.

Fantômette fait demi-tour, pensive. Quelques minutes plus tard, elle remonte sur son vélomoteur en murmurant :

— Mon amateur de missel habite donc bien à proximité du Clos des Fougères, ainsi que je le supposais. Mais, en revanche, je n'arrive pas à comprendre ce qu'il est en train de manigancer. Si son assemblage de fil de fer n'est pas un piège pour animaux sauvages, qu'est-ce donc ? Je donnerais bien cent roupies pour le savoir !

Aucun enchanteur hindou n'ayant proposé de solution en échange des roupies, Fantômette décide de ne plus se tourmenter l'esprit pour un problème qui finira bien par se résoudre tout seul. Rentrée chez elle, elle se couche en chantonnant *Au Clair de la Lune* et s'endort à la fin du premier couplet.

chapitre 4

Curieuse disparition

Pan ! pan ! pan !

— Françoise, passe-moi le marteau !

— Une seconde, je finis de clouer cette barrière !

— Colette, tu veux m'aider à porter ce seau ?

— Voilà, je viens !

— Madame Legrand, où faut-il mettre ce vieux tapis ?

— Au fond de la cour, je vais le nettoyer. En même temps, voulez-vous dire à mon mari qu'il m'apporte le bidon de détergent ?

— Hé ! Ficelle ! Je n'ai plus de peinture ! Où as-tu mis le pot ?

— Il est derrière toi ! Tu vas fourrer ton pied dedans !

Une fiévreuse activité règne au Clos des Fougères. De tous côtés on tape, on scie, on brosse, on nettoie allègrement. Ficelle et Colette se couvrent abondamment de peinture en s'efforçant de rafraîchir une palissade. Boulotte tient d'une main un sarcloir avec lequel elle arrache des mauvaises herbes, et de l'autre un sandwich dans lequel elle mord vigoureusement. Françoise, à grand renfort de clous, rafistole une barrière de bois qui menaçait ruine. Mme Legrand remplit un baquet à lessive et M. Legrand débarrasse une remise des vieux meubles qui l'encombraient, tout en tirant sur une pipe éteinte.

Ce remue-ménage a commencé dès le début de la matinée. Sitôt le petit déjeuner expédié, Ficelle, Boulotte et Françoise se sont rendues à la ferme, où elles ont été accueillies avec enthousiasme.

— Voilà un renfort qui ne sera pas inutile ! s'est écrié le père de Colette.

À sa vue, les trois filles ont été frappées d'un certain étonnement. Assurément, M. Legrand mérite bien son nom. C'est un solide gaillard qui doit mesurer près de deux

mètres, taillé en hercule ; il aurait figuré à son avantage sur un ring de catch. On conçoit aisément qu'il ait fait de la culture physique sa profession. Il avait d'ailleurs – c'est Colette qui l'apprit par la suite à ses amies – brillé dans les championnats européens d'athlétisme. À côté de lui, la grande Ficelle a l'air d'une naine !

Il a serré la main des trois arrivantes (les siennes sont aussi larges que des raquettes de ping-pong), leur a souhaité la bienvenue, et a indiqué les divers travaux à effectuer, laissant aux filles le soin de choisir la tâche qui leur conviendrait le mieux. Mme Legrand est apparue alors, très souriante, et a remercié les trois « détectives » de leur aide. C'est une jeune femme de taille moyenne, mais qui paraît minuscule à côté de son mari. Les problèmes de nettoyage semblent lui tenir à cœur, car elle transportait sur ses bras une impressionnante pile de savons et de paquets de lessive.

Et l'on s'était mis à l'ouvrage. Il faisait beau, le soleil brillait. Cette activité manuelle rompait agréablement la monotonie des études scolaires. Mme Legrand chantonnait un refrain à la mode, et les filles rivalisaient d'ardeur au travail.

À onze heures, M. Legrand donne le signal d'une pause.

— Arrêtons-nous cinq minutes pour souffler un peu. Puis nous nous occuperons de débarrasser le grenier.

Colette propose à ses amies de se détendre en faisant une promenade dans le Clos. Les jeunes travailleuses abandonnent momentanément leurs outils pour aller cueillir des fleurs, courir après les papillons et escalader les ruines de la chapelle. Le domaine se présente sous la forme d'un long rectangle. Une extrémité est occupée par la ferme et ses dépendances : un hangar à fourrage et une remise pour les charrettes et les outils agricoles ; l'autre extrémité est couverte par les ruines. Entre ces deux points, le Clos présente une surface assez irrégulière, où poussent çà et là des touffes d'herbe jaunies par la sécheresse, des broussailles et des arbustes rabougris. La terre est aride, caillouteuse. La culture y paraît difficile. C'est d'ailleurs pourquoi la ferme n'a jamais été bien prospère, les propriétaires se contentant d'élever des moutons. En revanche, les lieux conviennent parfaitement à l'installation d'un camp de vacances, où les jeunes estivants ne craindront pas de piétiner des cultures précieuses.

Les quatre filles traversent cette sorte de lande, et atteignent l'extrémité du Clos, qui s'achève à la lisière d'un bois. Le domaine a jadis été entouré de murs – d'où l'appellation de « clos » –, réduits maintenant à un soubassement qui sert de piste d'atterrissage aux oiseaux. À cette extrémité subsistent des pans de murailles blanches aux pierres ébréchées, à demi recouverts par des tentacules de lierre : les vestiges d'une chapelle romane. Entre les murs, le sol formé de dalles disparaît presque entièrement sous la terre végétale et les plantes qui ont pris possession du lieu ; des lézards sommeillent sur les pierres, des araignées se cachent dessous, et ce petit monde vit en paix dans cet endroit tranquille. Les alentours des ruines sont parsemés de trous, sortes de nids-de-poule envahis par des ronces. La grande Ficelle, toujours distraite, met le pied dans un de ces trous et s'égratigne le mollet aux ronces, ce qui lui fait pousser des cris épouvantables. Les autres l'aident à se dégager en riant (il est curieux de constater combien les mésaventures des autres peuvent être amusantes !) et la grande fille grogne :

— Je retourne à ma peinture ! C'est plus salissant, mais c'est moins dangereux !

Le moment de détente passé, elles se remettent en chemin vers la ferme en chantant à tue-tête *Moi, j'aime les pom-pom-pommes de terre frites !*

En compagnie de Colette, Ficelle se remet à son barbouillage, tandis que Françoise et Boulotte suivent M. Legrand au grenier.

Il s'agit de débarrasser le local des vieux meubles qui l'encombrent, avant de procéder au nettoyage en grand qui s'impose. Les muscles de l'athlétique M. Legrand font merveille. Il déplace les commodes ou les armoires avec autant de facilité que si elles étaient en plastique. Les deux filles se contentent de charges plus légères, déménageant des outils rouillés, des journaux jaunis par le temps et des bouteilles vides.

Après une demi-heure d'efforts, le grenier se trouve à peu près dégagé. Il ne reste plus qu'une grande malle de bois peint en noir. M. Legrand se baisse pour la soulever, quand soudain il interrompt son geste pour examiner le système de fermeture. C'est une patte de fer dans laquelle s'engage un anneau, bloqué par un gros cadenas. M. Legrand saisit la patte et la soulève en murmurant :

— Tiens, voilà qui est étrange... cette pièce est tordue et brisée. Pourtant, quand je suis venu visiter le grenier en compagnie du notaire, elle était intacte.

— En êtes-vous bien sûr, monsieur ? demande Boulotte en décortiquant une cacahuète.

— Certainement. Maître Lonette et moi avons ouvert ce coffre. À ce moment-là, je suis absolument certain que la fermeture était en parfait état. Depuis, elle a été forcée. Voyez : la trace de la rupture est brillante. Cette effraction a été faite récemment, sans aucun doute.

— Mais pour quelle raison ? s'interroge Boulotte.

— Je voudrais bien le savoir ! Les coffres sont en général faits pour abriter des objets de valeur, et je suppose qu'un rôdeur est entré ici par hasard. Il aura ouvert ce coffre avec l'espoir d'y trouver quelques bijoux. Mais il ne contient probablement rien de précieux.

M. Legrand soulève et rabat le couvercle. La malle ne contient, en effet, que des vêtements usagés et des livres. Françoise pose une question :

— Êtes-vous certain qu'il ne manque rien ?

M. Legrand hésite, se penche sur le coffre et se gratte le menton.

— J'ai l'impression... hum ! Je peux me tromper...

— Dites.

— Attendez, vidons d'abord ce coffre complètement.

Les vêtements et les livres sont enlevés. M. Legrand examine les volumes un par un et fronce les sourcils.

— Oui, il doit manquer un livre. Un missel à couverture de cuir noir dont le notaire m'avait parlé.

— Que vous a-t-il dit à ce sujet ?

— Eh bien, c'est assez curieux. Il semble que l'ancien propriétaire de la ferme accordait à ce livre une certaine valeur. Il l'a montré à plusieurs reprises à Maître Lonette en lui disant : « C'est là-dedans qu'est le secret de l'étoile. » Je ne sais pas à quelle étoile il voulait faire allusion. Il paraît que ce propriétaire était un vieux bonhomme à l'esprit troublé. On l'appelait « le père Brindejonc »...

— J'en ai vaguement entendu parler, dit

Françoise. Je crois qu'il passait pour avoir le crâne un peu fêlé. Il est mort l'année dernière, si mes souvenirs sont bons ?

— C'est cela... Vous avez vu les trous qu'il y a un peu partout dans l'enclos ?

— Oui, Ficelle a mis le pied dans l'un d'eux.

— C'est le père Brindejonc qui les a creusés.

— Mais dans quel but ?

— Mystère. Apparemment, il cherchait quelque chose. Hier matin, le notaire m'a accompagné jusqu'à la chapelle et m'a montré ces excavations en disant : « Le pauvre père Brindejonc faisait ces trous avec l'espoir d'y trouver une étoile ; j'ignore de quelle étoile il s'agit, mais l'explication doit se trouver dans un vieux missel qui est dans une malle, au grenier. »

— À quel endroit étiez-vous quand le notaire a prononcé cette phrase ?

— Tout près des ruines. Entre les murs, même. Oui, c'est cela, nous étions dans la chapelle. Pourquoi ?

— Rien, rien. Vous pensez donc que ce livre a été volé parce qu'il contient une révélation sur cette étoile mystérieuse ?

— Je le suppose.

— Quelqu'un d'autre que vous ou Maître Lonette connaît-il l'existence de ce volume ?

— Je ne pense pas. Le père Brindejonc en a parlé au notaire d'une manière confidentielle, et si celui-ci m'en a parlé à son tour, c'est uniquement parce que je suis devenu le nouveau propriétaire.

À cet instant, la tête de Mme Legrand apparaît en haut de l'escalier ; elle vient annoncer que le déjeuner est prêt. L'installation de la salle à manger est assez primitive ; il y a bien une table, mais les chaises manquent et l'on s'assoit sur des vieilles caisses ou des tonnelets. On attaque le déjeuner de bonne humeur, et pendant un bon moment, la pièce se remplit d'un joyeux bruit de fourchettes. Le grand air et l'exercice ont aiguisé les appétits. Boulotte à elle seule mange plus que tous les autres réunis (ou presque), et elle adresse à Mme Legrand des compliments aussi sincères qu'enthousiastes. Puis on bavarde, et M. Legrand fait part de la disparition du livre. À l'annonce de cette nouvelle, Ficelle pousse une exclamation de joie. Un cambriolage, une malle fracturée, un voleur à portée de la main ! Quelle aubaine ! Enfin elle va pouvoir se lancer dans une enquête sérieuse. Elle va sûrement recueillir des indices autrement suspects que les innocents boutons de culotte qu'elle ramasse dans les caniveaux !

Elle se fait fort de retrouver rapidement le voleur, grâce à son flair légendaire et son instinct proverbial, ainsi qu'à ses méthodes de recherche scientifiques et ultramodernes. Ce point étant acquis, M. Legrand expose ensuite par le détail ses projets de construction.

— Je crois qu'à l'emplacement des ruines, il serait intéressant d'installer un gymnase couvert, qui servirait en cas de pluie. Pour cela, il faudrait raser les pans de murs, en conservant le sol qui est dallé en pierre. Quant au terrain, on peut le diviser en deux : une partie pour l'athlétisme, l'autre pour les jeux. L'idéal serait que la séparation soit constituée par une piscine. Ce serait merveilleux !

— Mais tout ceci va coûter très cher ! dit Françoise.

— Eh oui ! J'ai déjà reçu certaines sommes provenant d'organismes sportifs, mais c'est encore peu. L'aménagement ne pourra se faire que petit à petit.

Mme Legrand sert le café dans la cour de la ferme, où les « pionnières » (!) ont trans-

41

porté leurs caisses. À peine Ficelle a-t-elle bu son café d'un trait, qu'elle monte au grenier pour y ramasser les bouts de cigarettes que le voleur avait certainement laissés sur son passage. Elle se met à quatre pattes, fourre son nez sur le plancher à la manière d'un basset reniflant un trottoir, examine longuement la fermeture du coffre et les éraflures laissées sur le bois par l'instrument qui a servi à l'effraction. Tout cela l'occupe pendant vingt bonnes minutes, mais ne lui révèle rien sur l'identité du voleur. Elle redescend et exprime sa déception :

— J'espérais trouver quelque bouton de chemise ou un précieux mégot, mais le voleur n'a rien laissé derrière lui. Je vais inspecter les alentours de la ferme.

Elle sort et se courbe vers le sol, comme un Sioux sur la piste des Visages Pâles. Elle arpente le domaine dans tous les sens, pendant que ses amies et la famille Legrand reprennent leurs travaux. Au bout d'un moment, elle en a assez de se plier en deux, et elle reprend le pinceau en annonçant d'un ton sentencieux :

— Je ne renonce pas à mon enquête ! Je reviendrai avec la grosse loupe qui me sert à examiner les timbres, et je trouverai des indices. Si je n'arrive pas à découvrir ce voleur, c'est que je suis la reine des dindes !

L'après-midi est consacré à la remise en état d'une cabane à outils destinée à servir de vestiaire aux jeunes sportifs qui utiliseront le terrain dans l'avenir. Ce travail de castor s'accomplit dans une ambiance des plus joyeuses, les filles chantant à pleine voix le répertoire enseigné par Mlle Bigoudi, qui comprend inévitablement les grands classiques : *Joli Tambour* et *Alouette, je te plumerai.*

Après le goûter, la cabane est peinte par les spécialistes, c'est-à-dire Colette et Ficelle, tandis que le restant de l'équipe débarrasse la cour des mauvaises herbes.

Puis il faut songer à se séparer. M. et Mme Legrand remercient chaleureusement Boulotte, Françoise et Ficelle du concours qu'elles leur ont apporté, mais qui a été pour elles autant un amusement qu'un travail.

Fatiguées et heureuses, les trois amies reprennent la route de Framboisy en commentant leur activité de la journée.

— Je reviendrai mercredi prochain ! affirme Boulotte.

— Moi aussi ! dit Françoise.

— Moi aussi ! conclut Ficelle.

Françoise hoche la tête.

— Ça, c'est beaucoup moins sûr !

— Pourquoi ?

— Parce que ta note de composition en géographie va être si brillante que Mlle Bigoudi sera ravie de te voir venir en colle mercredi prochain.

— Tu crois ?

— En tout cas, cette semaine, elle t'aura à l'œil !

La grande Ficelle grince des dents et grogne :

— Je donnerais cher pour que ce soit Mlle Bigoudi qui ait volé le missel : je la ferais arrêter. Une fois en prison, elle ne pourrait plus me punir ! D'ailleurs, qui nous prouve qu'elle n'a pas fait le coup ? Vous avez remarqué que je n'ai pas trouvé de bouts de cigarettes ? Or, *notre institutrice ne fume pas !* Vous voyez, c'est déjà une preuve contre elle !

chapitre 5

Curieuse apparition

Les quatre filles se tiennent à l'entrée de l'école et discutent avec animation. Colette Legrand vient d'arriver en courant, les lunettes de travers, coiffée à la diable, et a confié à ses amies :

— Je n'ai pas dormi de la nuit ! Il s'est passé quelque chose de bizarre... J'ai eu une peur !...

Les autres la pressent de questions :

— Dis vite ! Qu'est-ce que c'est ? Qu'est-il arrivé ?

Mais Mlle Bigoudi s'approche. Elle ordonne :

— Allons, mesdemoiselles, en classe ! Dépêchons-nous !

— Je vous expliquerai à la récréation ! souffle Colette.

Pendant le cours d'arithmétique, Ficelle se torture l'esprit pour essayer de deviner quel peut être l'événement survenu au Clos des Fougères. Mais les interventions incessantes de l'institutrice l'empêchent de concentrer sa pensée.

— Mademoiselle Ficelle, si un train parcourt 160 kilomètres en deux heures, quelle distance parcourt-il en une heure ?

— Heu...

— Voyons, il vous suffit de diviser 160 par 2. Quel est le résultat ?

— Heu...

Sans doute Ficelle pourrait-elle facilement répondre à cette question si son esprit n'était pas encombré par des problèmes policiers autrement importants. Le voleur du missel est-il revenu dans la ferme au cours de la nuit ? Dans ce cas, il doit avoir laissé des traces !... Peut-être Ficelle va-t-elle enfin découvrir l'indispensable bouton qui lui révélera l'identité du malfaiteur !

— Mademoiselle Ficelle, vous copierez trois fois le problème que nous sommes en train d'étudier. Tâchez maintenant d'être un peu plus attentive à ce que nous faisons... Je disais donc qu'un train part de Lyon à 17 h 15 et se dirige vers Paris. À la même heure, un autre train part de Dijon...

Ficelle est contrainte de suivre la leçon, mais elle se promet bien de ne jamais mettre les pieds dans un train, et de voyager plutôt en automobile ou en avion.

La récréation met fin à son supplice. En compagnie de Françoise et de Boulotte, elle se précipite vers Colette qui explique :

— Voilà ce qui s'est passé. Hier soir, je me suis mise au lit. Je ne suis pas encore bien habituée à vivre dans cette ferme. C'est impressionnant... D'autant plus que j'étais toute seule dans une grande chambre.

— Au rez-de-chaussée ? demande Françoise.

— Oui. C'est une chambre qui donne sur l'enclos. Le jour, de ma fenêtre, on peut voir le bois et les ruines de la chapelle. Donc il faisait nuit, et j'étais sur le point de m'endormir, quand, tout à coup...

Elle frissonne.

— Tout à coup, j'ai entendu une sorte de cri horrible, un son prolongé, comme celui que lance un chien qui hurle à la mort !

— Mon Dieu ! s'écrie Boulotte, tu as eu peur ?

— Une peur bleue ! C'était une chose épouvantable, et je me suis caché la tête sous les couvertures. Tout de suite, maman est venue dans ma chambre pour me prendre dans ses bras et me rassurer. Mais j'ai bien remarqué qu'elle se demandait ce que cela pouvait être, et qu'elle n'était pas tranquille. Alors papa a mis une robe de chambre, et il est sorti pour aller vérifier d'où provenait ce hurlement. Nous avons ouvert la fenêtre et nous l'avons vu qui s'éloignait en direction de la chapelle. C'est de là que venait le bruit.

— Il n'avait pas peur, lui ?

— Oh ! non ! Mon papa n'a peur de rien ! Et puis il s'était armé d'une pioche...

— Et alors ?

— Alors, le cri s'est arrêté subitement, et j'ai aperçu une lumière dans les ruines. Une lueur blanche qui éclairait une silhouette d'homme. Mais d'un homme gigantesque, aussi haut que les pans de murs de la chapelle ! Il s'appuyait sur un bâton énorme, grand comme un tronc d'arbre !

— C'était un géant, alors ?

— Oui, un géant !

Une seconde de silence, puis Ficelle demande d'une voix tremblante :

— C'est ce géant qui criait ?

— Oui, sûrement.

— Mais pourquoi ?

— Je ne sais pas...

— Et qu'a fait ton père ?

— Il s'est avancé vers les ruines, mais alors la lumière s'est éteinte. Quand il est arrivé à la chapelle, le géant avait disparu.

Ficelle tortille les mèches rebelles de ses cheveux en regardant autour d'elle comme si l'homme monstrueux allait subitement apparaître dans la cour. Boulotte croque une sucette d'un air inquiet. Les sourcils froncés, Françoise médite.

Ficelle s'écrie soudain :

— Si par hasard ce géant fume des cigarettes, elles sont sûrement aussi grandes que des bûches ! Les mégots doivent être gigantesques ! Il va falloir que j'aille relever sa piste... On peut aller chez toi, ce soir après la classe ?

— Oui, bien sûr.

— Je m'interroge, dit Boulotte, si c'est le géant qui s'est emparé du missel.

Colette hoche la tête.

— Je ne crois pas. Il aurait été beaucoup trop grand pour passer par l'escalier du grenier.

Françoise interrompt sa méditation pour demander à Colette :

— Que pense ton père de cette apparition ? A-t-il une explication ?

— Non. Il s'est demandé s'il ne s'agissait pas de quelque gorille échappé d'une ménagerie... Mais un singe ne se promènerait pas avec une lampe.

— Ah ! dit Ficelle, comme Diogène, alors ? Vous vous souvenez de cette histoire que nous a racontée Mlle Bigoudi ? Diogène courait dans les rues d'Athènes, en plein jour, et s'éclairait avec une lanterne en cherchant un homme, paraît-il. Fallait-il qu'il ait le cerveau dérangé...

— Colette, demande Françoise, penses-tu que la lumière provenait d'une lampe électrique ?

— Je le suppose.

— Et tu dis que ce géant a disparu quand ton père s'est approché ?

— Oui. Papa a eu l'impression qu'il s'enfuyait vers le bois. Il n'a pas essayé de le poursuivre, parce que la nuit était trop noire.

— C'est vraiment bizarre...

Ficelle lève un doigt et affirme d'un ton convaincu :

— Du moment qu'un homme aussi grand est venu dans les ruines, son passage est sûrement marqué sur le sol ou dans les herbes. Il a certainement aplati les ronces où je me suis écorchée. Il est dommage que le sol soit sec, sans quoi je suis sûre que nous pourrions trouver des empreintes de semelles démesurées. D'après la taille de ce bonhomme, il doit chausser au moins du 80 ! Ce soir, j'apporterai ma loupe et ma boîte à indices.

Le restant de la récréation se passe à émettre diverses hypothèses sur la nature du géant. Malgré l'opinion de son père, Colette pense qu'il s'agit d'un singe analogue à celui qu'elle a vu une fois dans un cirque, vêtu d'un maillot jaune, et qui montait à bicyclette. Boulotte songe plutôt à un descendant de Gargantua ou de Pantagruel, les plus grands mangeurs de tous les temps. Pour Ficelle, qui a lu un article sur les mutations animales provoquées par la radioactivité, il s'agit d'un nain métamorphosé en géant par la vertu de pilules d'uranium qu'il a avalées par mégarde. Françoise ne dit rien, mais son air absent laisse supposer que les cellules de son cerveau travaillent activement.

Malgré ces efforts cérébraux, les quatre filles ne parviennent pas à trouver de solution satisfaisante, et décident de reporter à la soirée la suite de leur enquête. Elles regagnent la classe pour y bénéficier d'une dictée que Mlle Bigoudi s'est complu à remplir de pièges orthographiques :

« Dans le jardin excentrique d'Amphitryon, les chrysanthèmes et les jacinthes mêlaient aux rhododendrons la quintessence de leurs effluves subtils. Le débroussaillement avait dégagé l'aire où jadis s'élevaient les tilleuls et les eucalyptus, où les chasseurs néophytes s'initiaient aux joies cynégétiques en poursuivant des cynocéphales au faciès prognathe... »

Lorsque le supplice de la dictée prend fin, Ficelle s'offre une agréable diversion en ouvrant son pupitre pour y contempler son carton à indices. Une pièce importante vient d'y prendre place : le dessin de la serrure brisée par le voleur du missel. La veille, entre deux séances de peinture, la grande fille s'est munie d'un papier et a soigneusement tracé les contours de la patte métallique tordue. Elle ignore encore à quoi ce dessin pourrait lui servir, mais un bon détective ne doit négliger aucune piste, et des éléments qui tout d'abord paraissent sans intérêt peuvent, par la suite, se révéler précieux. Ficelle s'aperçoit qu'elle a oublié de dater la feuille. Elle répare cet oubli, puis remet le document dans le carton. Elle vérifie ensuite que les bouts de cigarettes ou les vieux boutons sont bien en place, et elle dégage une case pour y disposer les indices qu'elle ne va sûrement pas manquer de découvrir dans la soirée.

Très occupée par ces menus travaux de classement qui font partie du métier de détective, elle ne s'est pas rendu compte que, depuis un moment, Mlle Bigoudi observe son manège d'un œil curieux. Une longue expérience a appris à l'institutrice que, lorsqu'une élève reste plusieurs minutes le nez fourré dans son casier, c'est qu'elle se livre à une opération qui ne figure pas au programme scolaire. Elle se lève donc sans faire de bruit, et s'avance dans l'allée en marchant sur la pointe des pieds. Arrivée près de Ficelle, elle demande brusquement :

— Mademoiselle, qu'êtes-vous en train de faire ?

La grande Ficelle sursaute, rabat précipitamment le pupitre et fait :

— Heu...

Le silence s'est établi dans la classe. Les autres élèves regardent en direction de Ficelle avec des sourires ironiques. Quand Mlle Bigoudi intervient dans les affaires de la grande fille, c'est toujours pour faire des découvertes surprenantes. La semaine précédente, n'a-t-elle pas appris avec stupéfaction que la jeune personne se livrait à l'élevage des grenouilles ? Ficelle avait apporté en classe un bocal à confitures dans lequel un de ces gracieux animaux faisait trempette. Le bocal contenait de plus une petite échelle que la grenouille (nommée Brigitte) devait monter ou descendre selon la pluie ou le beau temps. Ficelle ne prétendait d'ailleurs pas étudier les mœurs des batraciens, mais la météorologie, science fort utile pour décider s'il faut prendre ou non un parapluie avant d'aller se promener. Mlle Bigoudi fit montre, en l'occurrence, d'une totale incompréhension envers l'intérêt que trouvait Ficelle dans l'étude des phénomènes atmosphériques. Elle confisqua Brigitte, son bocal et son échelle, et infligea à la météorologiste une retenue de deux heures, avec obligation de copier une centaine de fois la phrase : « Ne pas apporter de grenouille en classe. » Le mécontentement de l'institutrice n'eut d'égal que celui de l'élève, qui comptait consacrer sa soirée à écouter *Moi, j'aime les pom-pom-pommes de terre frites !* Seule Brigitte trouva son compte dans l'affaire, car il lui était plus agréable de nager à son aise dans la mare où Mlle Bigoudi la rejeta, plutôt que de barboter misérablement au fond d'un bocal mal aéré qui sentait encore la fraise.

Mlle Bigoudi, n'ayant pas obtenu de son élève une réponse qu'elle n'attend d'ailleurs pas, soulève le pupitre. Grande est sa surprise en découvrant, à côté d'un encrier qui a perdu la moitié de son contenu au bénéfice d'une grammaire, une boîte à chaussures divisée en petits compartiments contenant chacun de menus objets dont l'intérêt ne semble pas, à première vue, très évident.

— Mademoiselle, voulez-vous me dire ce que vous faites avec ces petits bouts de ficelle, ces boutons et ces emballages de cigarettes ?

— Heu..., bredouille Ficelle, ce sont des objets suspects...

— Comment ?
— Suspects.

L'institutrice lève un sourcil assez étonné, et prend connaissance des étiquettes : *Bouton de pardessus ayant peut-être appartenu à un voleur ; boucle de ceinture louche ; petit bout de fil à étudier à la loupe...*

Mlle Bigoudi, qui ignore les activités policières de son élève, n'est pas loin de la tenir pour folle. Elle envoie tout droit dans la corbeille à papier la précieuse collection d'« objets suspects » et sanctionne la conduite du détective amateur en lui infligeant la conjugaison, à tous les temps et à tous les modes, du verbe : « Ne pas apporter de détritus en classe. » Sanction d'usage, qui, hélas ! ne contribuera guère à corriger Ficelle de son étrange manie. Mais la présidente du club de détectives de Framboisy ne se tient aucunement pour battue. Elle grogne intérieurement : « Si Miss Bigoudi s'imagine qu'elle va m'empêcher de faire mon enquête, elle se met le doigt dans l'œil jusqu'à la clavicule ! »

L'après-midi, quant à lui, se déroule sans incident notable ; les élèves apprennent avec peu d'enthousiasme que deux triangles sont semblables quand leurs trois angles sont égaux...

Ficelle somnole les yeux ouverts, et ne reprend conscience des réalités de ce monde qu'au moment de sortir. Alors, elle se réveille tout à fait. Elle va maintenant, grâce à son flair, sa loupe et son intelligence aiguë, découvrir l'entière vérité sur le mystérieux géant du Clos des Fougères !

chapitre 6
Investigations

Mme Legrand reçoit les filles avec plaisir et leur demande en riant si elles ont l'intention de venir faire de la peinture tous les jours.

— Non, madame, dit Ficelle, après, il nous faudrait passer trop de temps à enlever les taches. Nous venons simplement, si cela ne vous dérange pas trop, examiner l'endroit où le géant est apparu.

Le visage de Mme Legrand se rembrunit. Elle hoche la tête :

— Cette histoire de géant m'inquiète. Je me suis demandé s'il ne s'agissait pas de quelque animal dangereux ; un ours, par exemple. Mais évidemment, un ours ne serait pas venu avec une lampe.

— M. Legrand est là ? demande Françoise.

— Non, il est à Paris. Il assiste à une réunion de sa fédération sportive et rentrera tard ce soir. Vous vouliez le voir ?

— Je voulais connaître son opinion sur la nature de ce géant...

— À vrai dire, il n'en sait pas plus que moi. Mais il n'a pas l'air de trop s'inquiéter. Mon mari a des nerfs d'acier.

Ficelle prend la tête du groupe des quatre filles pour explorer méthodiquement la zone des ruines.

— Regardons d'abord si les ronces ont été piétinées, et s'il y a des traces de semelles géantes.

Ficelle, armée de sa loupe, Boulotte, qui croque un nougat, et Colette, qui écarquille les yeux derrière ses lunettes, se mettent à interroger les touffes d'herbe et les cailloux qui parsèment les abords des ruines. Françoise cueille des myosotis en chantonnant *Moi, j'aime les pom-pom-pommes*, etc. Elle fait ainsi le tour de la chapelle, ajoutant aux myosotis des pâquerettes et des boutons-d'or. Puis elle s'assoit dans l'herbe pour chercher des trèfles à quatre feuilles.

Les trois autres détectives poursuivent leurs

investigations pendant vingt bonnes minutes, sans résultat notable. Le géant n'a pas laissé traîner de bouts de cigarettes et n'a perdu aucun bouton. Maussade, la grande Ficelle interpelle Françoise :

— Si tu nous aidais un peu plus, nous trouverions peut-être quelque chose.

— Inutile, dit Françoise en secouant la tête.
— Pourquoi ?
— Mon opinion est faite.
— Comment ? Tu sais qui est le géant et ce qu'il est venu faire ici ?

— Je ne sais pas exactement qui il est, mais j'ai une vague idée de la raison pour laquelle il est venu la nuit dernière.

— Ah ! dis vite : pourquoi ?

Françoise hésite, puis fait non de la tête.

— Je ne suis pas certaine que mon idée soit bonne. J'ai besoin d'une confirmation.

— Mais tu peux au moins nous dire ce que tu as trouvé...

— Bon, si tu veux.

Françoise se lève, fait quelques pas vers un espace recouvert d'une terre poussiéreuse, sur le côté des ruines, et demande à Colette :

— Quand tu as aperçu le géant, il se trouvait bien ici, n'est-ce pas ?

— Oui, à droite de la chapelle.

— Bien. Regardez ceci.

Françoise pointe un doigt vers le sol. Les autres se rapprochent et s'accroupissent pour examiner un cercle imprimé en creux sur la terre.

— C'est un rond ! constate Ficelle.

— En effet.

— Un rond suspect !

— Oui.

— Comme on pourrait en faire un avec un verre retourné...

— Ou une boîte de petits pois, suggère Boulotte.

— C'est exact, affirme Françoise.

Ficelle se gratte d'un index pensif le dessus du crâne qui fume presque, tant est vif le bouillonnement de ses idées. Elle dit :

— C'est peut-être un indice, mais je ne vois pas à quoi cela t'avance...

— Cela m'indique la nature du bâton sur lequel s'appuyait le géant. C'était un tube, analogue à un tuyau de poêle. Le bord de l'extrémité inférieure a laissé cette marque circulaire sur le sol.

— Un tube creux alors ?

— La caractéristique d'un tube, c'est généralement d'être creux.

Les quatre filles restent un moment immobiles, contemplant le rond comme si c'était la chose la plus curieuse du monde. Puis Ficelle extirpe d'une poche un bout de papier sur lequel elle trace au crayon le contour d'un cercle. Très satisfaite, elle annonce :

— Voilà une importante pièce à conviction. Si Miss Bigoudi n'avait pas mis ma boîte au panier, je pourrais l'y classer, avec une belle étiquette. Je me demande maintenant où je vais trouver une autre boîte à chaussures !

— J'en ai une, moi, dit Colette. Je te la donnerai.

— Ah ! ça, c'est gentil. Un détective sans boîte à indices est comme un gruyère sans trous.

Très fière de cette comparaison, elle la répète deux ou trois fois, puis questionne :

— Et maintenant, qu'allons-nous faire ? Il faut continuer l'enquête...

Françoise approuve :

— J'aimerais en savoir plus long sur le père Brindejonc. Connaître les raisons exactes pour lesquelles il creusait des trous un peu partout dans le Clos. Je pense qu'il doit y avoir aux alentours des gens qui l'ont connu. Il faudrait interroger les fermiers du voisinage.

— Bonne idée, dit Ficelle. Dans les enquêtes, les témoignages sont d'une importance capitale et primondiale !

— Primordiale.

— Ah ? Si tu veux... Enfin, c'est d'une grande importance. Il faudra que j'achète un petit carnet rouge pour y inscrire les récits des témoins.

Les quatre filles reviennent vers la ferme. Colette aurait bien aimé recueillir des témoignages elle aussi, mais Mme Legrand a besoin de son aide pour remettre en état la cuisine. Françoise, Boulotte et Ficelle quittent le Clos des Fougères en direction d'une ferme voisine.

— Il va falloir, dit Ficelle, trouver un prétexte pour rendre visite aux fermiers.

— Nous pourrions, suggère Boulotte, leur demander s'ils veulent bien nous vendre des œufs frais.

— Ou alors, dit Ficelle, nous présenter comme des journalistes qui préparent un article sur le balancement de la queue des vaches...

— Tu crois que ça aurait l'air sérieux ?

— Oh ! tu sais, on trouve dans les journaux

des articles ahurissants. L'autre jour, un journaliste racontait le plus sérieusement du monde que certains chevaux peuvent faire mentalement des multiplications ou des divisions de huit chiffres.... C'est un cheval comme ça qu'il me faudrait pour résoudre les problèmes de trains !

Le discours de la grande fille est interrompu par Françoise.

— Regardez. Voilà quelqu'un qui pourra peut-être nous donner des renseignements sur l'ancien propriétaire du Clos.

À cent mètres de là, un homme est adossé au tronc d'un des arbres bordant la route. Il porte une casquette bleue et roule une cigarette. À ses pieds se trouve une houe qui lui sert, apparemment, à enlever les mauvaises herbes du caniveau. Il ne peut s'agir que d'un cantonnier. Les filles ralentissent en arrivant à sa hauteur, et Françoise lance d'un ton jovial :

— Alors, ça pousse, les mauvaises herbes ?

L'entrée en matière n'est guère originale, mais suffisante pour que le cantonnier, ravi de cette diversion, se lance dans une conférence sur la manière de manier la houe. Françoise le laisse parler, puis, lorsque le bonhomme paraît avoir fini son petit discours, elle s'écrie :

Je parierais que vous savez vous servir [d'un] outil de jardinage encore mieux que le [père] Brindejonc !

[Le] cantonnier hoche la tête.

— Oh ! le père Brindejonc, lui, il ne savait que faire des trous. Il ne cultivait même pas son potager...

— Tiens ? Et pourquoi donc ?

— Bah ! Voyez-vous, il n'avait point toute sa tête à lui, le pauvre vieux... Il creusait des trous un peu partout en marmottant qu'il allait trouver une étoile et un géant. Et il répétait : « Vous verrez ! Quand il viendra, le géant, ça changera ! » Je ne sais pas trop ce qui allait changer.

— C'est tout ce qu'il disait ?

— Ma foi, oui. Toujours cette histoire d'étoile et de géant. Peut-être bien qu'il cherchait une étoile géante ? Comment savoir ? Enfin, ce que je peux vous dire, c'est qu'il passait partout pour un vieux fou !

Les trois détectives amateurs quittent le cantonnier en lui souhaitant bon courage, et reprennent la direction de Framboisy.

— Nous n'allons pas interroger de fermiers ? demande Ficelle.

— Non, répond Françoise, c'est inutile. Nous n'apprendrons rien de plus.

— Enfin, il y a tout de même quelque chose de sensé dans les discours du père Brindejonc : il attendait l'arrivée d'un géant, et ce géant est venu !

— Oui. Le vieux n'était pas aussi fou qu'on veut bien le dire.

— Sûrement. Ce devait être un fou sage. À ton avis, Boulotte ?

La grosse fille fait la moue.

— Moi, je trouve que c'est quand même de la folie, le fait de ne pas cultiver un potager. Où l'on peut faire pousser des pommes de terre, des navets, des carottes, des choux, de la laitue, de la scarole, des épinards, des...

Quelques minutes plus tard, les trois filles atteignent la grand-place de Framboisy. Ficelle remarque que Françoise, contrairement à son habitude, paraît songeuse, préoccupée.

— À quoi penses-tu ? demande-t-elle.

La brunette s'arrête devant la vitrine d'une boutique, et sort d'une petite poche un peigne blanc avec lequel elle fait boucler ses cheveux noirs. Elle répond :

— Je pense que notre géant ne va pas s'en

tenir à sa visite de la nuit dernière. Il va revenir.

— Oh ! tu crois ?

— Ce n'est pas certain, mais cela me paraît assez probable.

— Alors, en le guettant, on pourrait le voir ?

— Oui, sans doute.

Ficelle saute de joie.

— C'est épatant ! Nous allons nous cacher dans le Clos ou dans les ruines, et quand il viendra, nous lui poserons des tas de questions. Pourquoi il est si grand, pourquoi il vient la nuit, pourquoi il pousse des hurlements...

— Et tu n'auras pas peur ?

— Oh non !... Heu... enfin, pas trop...

— Et toi, Boulotte ? Ça te plairait, une petite expédition nocturne ?

La gourmande cesse de croquer un petit-beurre pour répondre :

— Moi, je veux bien. J'emporterai de quoi grignoter, pour passer le temps.

— Alors, c'est entendu. Rendez-vous ce soir à dix heures et demie à l'endroit où nous sommes.

Sur un ton un peu inquiet, Ficelle demande :

— Faut-il apporter des armes ? Un revolver ?
— Tu as un revolver ?
— Heu... non.
— Alors, inutile de l'apporter.

Elles se séparent, Françoise en chantonnant, Boulotte en croquant ses biscuits et Ficelle en se demandant s'il faut se réjouir de cette entrevue avec le géant, ou si elle doit, par avance, trembler de peur.

chapitre 7
Deuxième apparition

Trois silhouettes surgissent sur la grand-place de Framboisy, se réunissent en échangeant quelques brèves paroles, puis se mettent en route d'un bon pas.

La nuit est claire et assez fraîche. Perché sur le faîte d'un toit, un chat poète compte les étoiles.

Les trois détectives traversent la ville et s'engagent sur la route qui mène au Clos des Fougères. Quelques minutes plus tard, le petit groupe arrive à la hauteur de la ferme. Ficelle, qui est peu rassurée, demande à voix basse :

— Que faisons-nous ? Nous entrons dans le Clos, ou nous faisons demi-tour ?

Françoise a un petit rire ironique :

— Tu as déjà peur ? Tu fais une jolie détective de pacotille ! Nous allons contourner la propriété et nous poster dans le bois.

Le Clos est donc contourné en silence. À l'approche du bois, d'instinct, les filles ralentissent leur allure et se courbent à demi, regardant attentivement autour d'elles. Rien ne bouge. Tout est silencieux. Elles entrent lentement dans le bois et prennent position derrière un fourré qui se trouve à la lisière, à quelque cinquante mètres des ruines. De cet endroit, elles ont une vue parfaitement dégagée sur le Clos. Quiconque s'approcherait de la chapelle ne pourrait échapper à leur regard.

Le clocher de Framboisy sonne onze fois. Ficelle en conclut qu'il est onze heures, et demande à Françoise :

— À quel moment crois-tu que le géant va apparaître ?

— D'après ce que m'a dit Mme Legrand, il est venu hier soir un peu après onze heures. S'il agit de même ce soir, il sera là dans quelques minutes.

— Que faudra-t-il faire alors ? Nous sauver ?

Françoise sourit dans l'ombre.

— Si nous prenons la fuite en le voyant,

expliquez-moi comment nous pourrons apprendre qui il est...

— Ah ! oui, évidemment...

Quelques minutes s'écoulent. Ficelle murmure :

— J'ai un peu l'impression de faire un travail à la manière de Fantômette.

— Pourquoi ? demande Françoise.

— Parce que c'est une justicière qui guette les voleurs, qui poursuit les bandits. Il doit lui arriver souvent de se cacher dans le noir pour surveiller des malfaiteurs. On dit qu'elle agit presque toujours la nuit... Alors nous sommes en train de faire comme elle ! Non ?

— Hum !... Peut-être bien...

Quelque part dans le bois, un oiseau fait *glouc !* Ficelle dit à voix basse :

— Vous avez entendu ? C'est un rossignol ! Il a fait *glouc !*

Boulotte grogne :

— Mais non, les rossignols ne font pas *glouc !*

— C'est vrai, dit Françoise, ils font *pouic !*

— Ah ! tu crois ?

— C'est bien connu. Tu n'auras qu'à demander à Mlle Bigoudi.

L'oiseau fait encore *glouc !* deux ou trois

fois, puis un chien rêve qu'il vient d'apercevoir un chat et se met à aboyer stupidement. Un moment passe. L'immobilité imposée aux trois sentinelles rend le froid plus sensible.

— J'ai remarqué, dit Ficelle, que les nuits étoilées sont plus fraîches que les nuits couvertes. Lorsqu'il y a des nuages, il fait plus chaud. On s'en rend bien compte quand on fait du camping. S'il y a des nuages...

— Chut !
— Quoi ?
— Quel est ce cliquetis ?

On entend la voix de Boulotte qui explique :

— Ce n'est rien, c'est moi. Je viens de déboucher une bouteille thermos pleine de café. Vous en voulez ?

Elle remplit une timbale et la passe à Ficelle qui trempe ses lèvres dans le liquide en poussant un cri.

— Mais il est bouillant !

— Oui, ne t'en plains pas. Et c'est du bon café, tu sais ! Je l'ai acheté à la brûlerie de la rue du Chat-Perché. Un mélange de trois cafés fins. Une moitié de Colombie, une moitié de Costa Rica et une moitié de Côte-d'Ivoire...

— Regardez ! souffle Françoise.

Oubliant le café, les trois filles portent leur

regard vers le Clos. À quelques mètres des ruines, une silhouette noire vient d'apparaître. Une ombre démesurée, qui avance en faisant des enjambées énormes !

— Le géant ! bredouille la grande Ficelle en frissonnant.

L'homme immense s'arrête, regarde autour de lui, s'engage entre les ruines où il disparaît. Ficelle gémit :

— Mon Dieu ! Pourvu qu'il ne vienne pas par ici ! J'ai peur !

— Tais-toi ! dit Françoise, tu parles si fort qu'on n'y voit rien !

Le géant réapparaît, regarde encore une fois autour de lui, puis s'avance résolument en direction du bois, vers l'endroit où se tiennent les trois filles !

Ficelle sent ses cheveux se hérisser sur sa tête. Elle balbutie encore deux ou trois fois : « J'ai peur ! » puis se met à marcher à reculons, peu disposée à affronter le monstre. Françoise la retient par une manche en disant :

— Ne bouge pas ; ne crains rien. Il n'y a aucun danger.

— Mais...

— Non, tu vas voir.

Françoise quitte l'abri du buisson, fait deux

pas en direction du géant et allume une puissante lampe électrique qu'elle tient à la main. Le faisceau blanc éclaire la silhouette d'un homme de taille haute, mais non démesurée. Ficelle s'écrie :

— Mais... ce n'est pas le géant !... C'est... M. Legrand !

C'est bien lui en effet, mais Ficelle l'a vu avec le regard déformant que donne l'imagination. Il s'avance vers les trois filles et pousse une exclamation de surprise en les reconnaissant.

— Comment ! Vous, mesdemoiselles ! Mais que faites-vous donc ici, à cette heure ?

— Nous faisons comme vous, répond Françoise. Nous sommes venues voir quelle mine a ce fameux géant.

— Oui, dit Ficelle, et j'ai bien cru que c'était vous.

L'athlète sourit.

— Diable ! je ne me croyais pas si grand ! Je mesure près de deux mètres, mais notre homme approche les trois mètres. Ou du moins, c'est ce qu'il m'a semblé, car je ne l'ai aperçu que l'espace de trois ou quatre secondes.

— À quelle distance étiez-vous de lui ? demande Françoise.

— Assez loin, puisque, au moment où il est apparu, je me trouvais dans la ferme, et lui était dans les vestiges de la chapelle. Mais j'ai remarqué que sa tête arrivait au niveau du haut des murs. Voyez, cela fait à peu près trois mètres.

— C'est énorme !

— En effet. Je n'ai pas le souvenir d'avoir jamais vu un homme aussi grand. Pourtant, ma profession me donne parfois l'occasion de rencontrer des lutteurs ou des athlètes de belle taille. Je n'en ai jamais vu qui soient nantis d'une telle stature !

— Attendez, dit Ficelle, cela me rappelle un géant qu'il y avait une fois au cirque Malabar...

— Un phénomène, alors ?

— Non, pas du tout. C'était un géant grand comme un poteau télégraphique, avec un petit chapeau de paille et un nez rouge... Et vous savez pourquoi il était si haut ?

— Parce qu'il avait mangé beaucoup de soupe ? suggère Boulotte.

— Non. C'est parce qu'il était formé par

trois clowns, les frères Pupazzi, qui étaient montés les uns sur les épaules des autres...

M. Legrand se met à rire.

— Évidemment, cela devait faire un grand bonhomme ! Mais dites-moi, qui vous a donné l'idée de venir faire le guet ce soir ?

Ficelle explique :

— Vous savez qu'à nous trois nous formons un club de détectives ?

— Oui. Vous m'avez dit, je crois, que vous collectionnez les boutons de chemise qui vous paraissent suspects ?

— C'est vrai. Nous sommes venues à la fin de l'après-midi pour relever des indices. Nous avons trouvé un rond bizarre, imprimé par le bout du bâton sur lequel s'appuyait le géant. Françoise pense que c'est un tube.

— Ah bon ? Mais que ferait-il d'un tel tube ?

Françoise s'apprête à fournir une réponse, lorsqu'à cet instant un abominable hurlement s'élève dans la nuit ! Un son grave, une clameur étrange qui ressemble à la fois à une plainte et au cri d'une sirène de bateau !

— Mon Dieu ! gémit Ficelle, ça vient de là-bas !

Le géant – ce ne peut être que lui – apparaît non pas dans les ruines comme lors de la nuit précédente, mais tout à l'autre bout du Clos, près de la ferme où se trouvent Mme Legrand et sa fille !

— Tonnerre ! gronde M. Legrand, en s'élançant hors du bois, s'il touche à un seul de leurs cheveux... !

Un sprint phénoménal lui permet de franchir en quelques secondes les trois quarts de la distance qui le sépare de la ferme. Boulotte et Ficelle sont très loin en arrière, mais Françoise le suit de près. Il ne reste plus à M. Legrand qu'une vingtaine de mètres à parcourir pour atteindre les bâtiments, lorsqu'il pousse un cri et s'abat de tout son long, le visage en avant : il vient d'enfoncer un pied dans l'un des traîtres trous creusés par le père Brindejonc. Il essaie de se relever, mais cette tentative lui arrache un nouveau cri de douleur.

— Que vous arrive-t-il ? demande Françoise.

— Ce doit être une foulure à la cheville... Je ne peux pas marcher ! Ma femme... ma fille... comment vais-je les protéger contre le géant ?

— Ne vous inquiétez pas. Le géant, je m'en charge !

Elle se lance vers la ferme comme un bolide. Le hurlement a cessé. La silhouette confuse du géant se perd dans la nuit. Françoise allume sa lampe, mais l'être étrange fuit devant le faisceau, et décrit un arc de cercle, qui l'amène à un bosquet dans lequel il se fond.

— Diable ! Il va vers le bois... Quand il sera entre les arbres, je ne pourrai plus le retrouver...

Il se produit un bruit sonore, comme celui d'un objet métallique tombant et rebondissant sur le sol. La lampe éclaire le long cylindre noir que le géant vient de laisser choir.

— Tiens, tiens ! Il a abandonné son tuyau de poêle... Ça le gênait pour courir.

Françoise redouble de vitesse, atteint le bois et s'y enfonce de quelques mètres. Puis elle s'arrête et tend l'oreille. Elle n'entend rien. L'homme monstrueux a disparu dans la profondeur sombre du sous-bois, sans que l'on puisse espérer le suivre à la trace.

La jeune fille fait demi-tour, revient au tuyau de poêle, qu'elle charge sur son épaule, et dirige ses pas vers la ferme. Là, c'est l'émotion, l'effervescence, la bousculade. Mme Legrand soutient son mari et l'aide à marcher, pendant que Boulotte et Ficelle tentent de consoler Colette qui pleure comme un arrosoir. On se réunit dans la grand-salle où M. Legrand, assis dans un fauteuil et la jambe allongée, surmonte sa douleur pour palper sa cheville et évaluer la gravité de sa foulure. Il connaît bien la question, ayant eu souvent l'occasion, sur les terrains de football, de soigner des joueurs éclopés. Il bande lui-même sa cheville, et demande à sa femme d'exposer ce qui s'est passé. D'une voix qui tremble encore, elle dit :

— J'étais restée à la fenêtre pour te suivre des yeux. J'étais un peu inquiète de te voir aller tout seul vers les ruines, où nous pensions que le géant risquait de réapparaître. Et quand j'ai aperçu une lumière s'allumer, j'ai cru que c'était lui.

— Non, rétorque Françoise, c'était ma lampe électrique. Nous aussi, nous avions cru que le géant reviendrait au même endroit.

— C'est ce que nous avions tous supposé, dit Mme Legrand. Et j'ai sursauté quand j'ai entendu son hurlement à quelques mètres de moi ! Il était juste sous la fenêtre... Sa tête arrivait presque au niveau de l'appui. Une tête épouvantable ! Deux yeux ronds comme ceux d'un poisson, et une bouche avec des dents longues comme des crocs ! J'en suis encore toute remuée ! Et cette voix ! Ce cri affreux ! Aucune gorge humaine ne pourrait produire un tel son !

— C'est presque vrai, dit Françoise en souriant, et je vais vous expliquer pourquoi le géant a une voix aussi bizarre. Regardez ceci. C'est le bâton sur lequel s'appuyait notre bonhomme.

Dans l'affolement, personne ne s'est rendu compte que Françoise a apporté le tuyau de poêle.

— Qu'est-ce que c'est ? demande Ficelle.

— Une belle pièce pour ta collection. Mais elle ne pourra sûrement pas tenir dans un carton à chaussures. Vous vous souvenez du rond marqué dans la terre par la base du tube ? C'est lui qui m'avait fait penser qu'il s'agissait sans doute d'un tuyau de poêle.

— Mais, interroge M. Legrand, pourquoi le géant se promène-t-il avec ce tuyau ? Il me semble qu'un bâton en bois plein lui serait plus commode.

— Sans doute, mais *il ne pourrait pas souffler dedans !*

— Comment cela ?

— Vous ne devinez pas ? Le géant a une voix tout à fait normale, comme la vôtre ou la mienne, mais quand il se met à crier dans ce tuyau, les sons se trouvent déformés comme dans un haut-parleur, ce qui produit un hurlement lugubre et insolite.

Ficelle veut faire un essai. Elle se met à crier dans le tube, ce qui produit une sorte de mugissement assourdissant.

— Stop ! dit Françoise, l'expérience est concluante.

— Mais, ajoute Mme Legrand, ceci ne nous explique pas la raison pour laquelle ce géant s'amuse à faire un tel bruit. J'avoue que je ne comprends pas. Nous devons avoir affaire à un fou !

Françoise secoue la tête.

— Nullement. Ce n'est pas un fou. C'est au contraire quelqu'un qui agit d'une manière extrêmement logique, selon un plan bien étudié.

— Mais quelle raison le pousse à agir ainsi ?

— Vous ne voyez pas ? C'est pourtant bien simple. *Il essaie de vous faire peur.*

— De nous faire peur ? Eh bien, le moins qu'on puisse dire, c'est qu'il y a réussi ! Mais dans quel but ?

Tout en se massant la cheville, M. Legrand écoute attentivement. Ficelle pianote du bout des doigts sur le tuyau de poêle. Colette est blottie contre sa mère. Boulotte mastique un chewing-gum. Tous regardent Françoise qui marche de long en large dans la grande pièce une main derrière le dos, l'autre s'agitant gracieusement en l'air pour donner forme aux idées qu'elle expose. Elle répond à la question de Mme Legrand :

— Il veut vous effrayer pour vous obliger à quitter le Clos des Fougères. Lorsque vous serez partis, il aura le champ libre pour se livrer à certaines recherches.

— Lesquelles ?

— Je ne le sais pas encore. Mais une chose est à peu près sûre : vous le gênez. Et il va essayer de vous éloigner par tous les moyens possibles.

M. Legrand serre les poings.

— S'il tente de nous faire partir, il trouvera à qui parler ! J'ai acheté ce clos pour y installer un camp de vacances, et rien ne me détournera de ce but !

La brunette cesse de marcher et se croise les bras.

— Votre résolution est très louable, malheureusement elle est aussi très dangereuse. Si vous vous obstinez à rester ici, vous allez mettre votre famille en péril.

— Allons donc !

— Si, je le crains. Il ne serait pas raisonnable de demeurer au Clos. Ne serait-il pas plus prudent de regagner Paris, du moins pendant quelques jours ?

— Bah ! Ce géant m'agace, mais il ne me fait pas peur. Et d'ailleurs je crois avoir deviné ce qu'il est. Mlle Ficelle a dit tout à l'heure une chose qui m'a mis la puce à l'oreille quand elle a parlé des trois clowns qui se superposaient pour former un personnage énorme. Je crois que notre géant est fait de deux hommes, dont l'un porte l'autre sur ses épaules. La hauteur totale correspondrait à peu près à trois mètres. Qu'en pensez-vous ?

Françoise réfléchit.

— L'explication me semble assez bonne. Mais dans ce cas, vous auriez affaire à deux ennemis, ce qui est pire qu'un seul. D'autre part, votre foulure vous interdit de vous déplacer.

— C'est vrai. Vous avez peut-être raison. Si je vois que les choses tournent mal, je préviendrai la gendarmerie.

— Ce sera une bonne précaution.

Sur ces paroles, les trois filles prennent congé de la famille Legrand, qui ferme soigneusement portes et fenêtres après leur départ.

À minuit, elles sont dans leur lit. Boulotte et Françoise s'endorment aussitôt, mais la grande Ficelle a plus de mal à trouver le sommeil. Elle imagine qu'elle passe en revue une armée de géants, et ne s'endort qu'après avoir vu défiler le 372e !

chapitre 8
Vendredi soir

Ficelle demande à voix basse :
— Boulotte, tu sais ta récitation ?
— Un peu...
— Tu me souffleras, dis ?
— Si je peux ! En ce moment, Miss Bigoudi nous surveille au microscope !
— Ça, c'est vrai. Il n'y a même plus moyen de faire des salières et des cubes en papier ! Ce matin, j'ai essayé de faire un bateau avec la couverture d'une revue de mode, mais je n'ai pas pu le terminer, parce qu'elle me regardait comme un canard qui aurait avalé une soucoupe. Ça devient énervant, à la fin !

Les deux filles sont les dernières à entrer en classe, en ce début d'après-midi du vendredi. Elles viennent de bavarder avec Colette, qui leur a donné des nouvelles rassurantes de son père : sa foulure est douloureuse, mais sans gravité. Dans une quinzaine de jours, il pourra marcher de nouveau. Comme il veut que les travaux du Clos se fassent sans retard, il cherche un maçon et un ouvrier qui boucheront les fameux trous et commenceront à niveler les ruines de la chapelle.

Colette a demandé à ses amies si elles connaissaient quelque maçon dans la région proche de la ferme, mais Boulotte n'a pu fournir que des adresses de charcuteries ou d'épiceries, et Ficelle que de disquaires ou de magasins de farces et attrapes. Toutefois, Françoise a été consultée et a fourni une précieuse indication.

— Il y a quelqu'un qui doit probablement connaître des ouvriers dans ce coin, c'est le cantonnier.

Colette approuve l'idée, et décide de le rencontrer à la sortie de l'école, en fin d'après-midi.

La classe commence par un cours de grammaire assez soporifique. Mlle Bigoudi tente de faire pénétrer dans le cerveau de ses élèves des notions fort belles assurément, mais rébarbatives.

— Lorsque devant une seconde proposition circonstancielle coordonnée à la première, les conjonctions ordinaires sont remplacées par *que,* on maintient après ce pronom relatif le même mode que dans la première circonstancielle, sauf au conditionnel où *que* est toujours suivi du subjonctif...

Françoise prend des notes rapidement, sans effort. Boulotte médite sur la recette du poulet de grain à la châtelaine, qu'elle a copiée sur la couverture de son cahier de français. Ficelle, qui a oublié le sien à la maison, utilise les marges d'un livre de géométrie pour y dessiner des géants maigres comme des don Quichotte. Lorsqu'elle en a tracé une dizaine, elle se fatigue et passe à un autre genre de sport. Elle sort de son cartable une boîte d'allumettes, l'ouvre, la retourne et la secoue au-dessus de son pupitre. Un petit grain rouge à points noirs tombe du livre et se met à trottiner. C'est une coccinelle. Ficelle prend son stylo plume, et avec la pointe barre le passage à l'insecte, qui va descendre du livre.

— Par ici, Sophie, viens par ici ! Bien.

Maintenant, va sur l'autre page... Bon. Je vais te faire monter sur mon double décimètre.

Elle prend la règle en plastique, la présente devant la coccinelle qui monte dessus et se met à cheminer sur cette pente.

— C'est extraordinaire ! Une coccinelle peut monter une pente très inclinée ! Ça me rappelle mes ascensions dans les Alpes, aux dernières vacances... Ah ! c'était le bon temps ! Je n'avais pas de devoirs à faire, ni de leçons à apprendre ! Tandis que, maintenant, je dois me battre avec des prépositions adverbiales et des problèmes de trains.

Elle joue avec la coccinelle pendant un bon quart d'heure, puis la remet dans sa boîte, qu'elle range dans le cartable. Elle déchire alors une feuille de son cahier de géographie pour y inscrire un message destiné à ses amies.

TÉLÉGRAMME
CE SOIR, FESTIVAL CHARLOT AU CINÉ MAJESTIC. FILM RIGOLO. COMPTE SUR VOTRE PRÉSENCE EFFECTIVE. FICELLE.

Elle plie en quatre la précieuse missive et la fait passer discrètement à Boulotte qui en prend connaissance et approuve d'un mouvement de tête. Puis elle transmet la feuille à Françoise, qui sourit et fait le même geste. Le papier revient à la grande fille qui le lance en direction du banc occupé par Colette. La jeune élève hésite, puis profite de ce que Mlle Bigoudi a le dos tourné pour ramasser le télégramme. Elle en prend connaissance, écrit une phrase et le renvoie vers Ficelle qui le lit. Colette exige, avant de se rendre au cinéma, de recevoir l'accord de ses parents. Ficelle signifie du regard qu'elle accepte cette décision, puis son esprit revient au problème capital qui tient depuis plusieurs jours son attention en éveil : le géant.

Elle décide de dresser une liste complète et détaillée des géants célèbres. Il y a Atlas ; un grand géant, puisqu'il soutenait la Terre sur ses épaules, selon ce que disaient les Grecs. Il y a Goliath également. Il y a...

— Mademoiselle Ficelle, voulez-vous venir au tableau, s'il vous plaît ?

Ficelle se lève avec la vivacité d'un escargot paralytique, et se dirige mollement vers l'estrade, sur laquelle elle monte péniblement.

— Mademoiselle Ficelle, dit l'institutrice, vous deviez apprendre pour aujourd'hui la fable de La Fontaine intitulée *Le Corbeau et le Renard.* Vous avez appris cette fable, n'est-ce pas ?

— Heu... oui, mademoiselle ! répond Ficelle à tout hasard.

— Bien. Je vous écoute.

— Heu... *Le Corbeau et le Renard...* « *Maître Corbeau, sur un... un...* »

La grande fille baisse le nez, se demandant sur quoi le corbeau pouvait bien se trouver. Le mot lui revient subitement à l'esprit :

— « *... sur un narbreperché...* »

— Voyons, mademoiselle, j'ignore ce qu'est *un narbreperché* ! Vous devez marquer un arrêt entre *arbre* et *perché*. Le corbeau est perché sur un arbre. Il est sur un arbre, perché. Recommencez.

— « *Maître Corbeau, sur un arbre... perché, tenait...* »

Sapristi ! que tenait-il donc, ce corbeau ? Il tenait... Ah oui ! un fromage en forme de camembert. On se demande bien pourquoi, d'ailleurs ? A-t-on jamais vu un corbeau manger du camembert ? La Fontaine avait des idées bizarres !

— « *... tenait un fromage...* »

— Dans quoi le tenait-il ? demande l'institutrice.

— Heu... dans son bec.
— Bien. Poursuivez.
— « *Maître Renard, par l'odeur alléché* (ah là là ! comme si les renards aimaient le camembert), *lui tint à peu près ce langage.* » Heu...

Silence embarrassé de Ficelle. Que disait-il, ce bestiau ?

Elle tourne son regard vers Boulotte, qui tente de la renseigner en faisant le geste d'enlever un chapeau. Ficelle comprend immédiatement !

— « *Salut, monsieur le Corbeau !* »

L'institutrice secoue la tête et affirme que le Renard n'a pas dit « Salut ».

— Ah ! oui. Heu... « *Bonjour, monsieur du Corbeau, que vous êtes joli, que vous me semblez beau !* » Heu... heu...

Mlle Bigoudi vient aider la mémoire défaillante de son élève.

— Sans mentir...
— « *Sans mentir, si votre...* » Heu...
— Ramage.
— « *... ramage se rapporte à votre...* » Heu...

Ficelle regarde d'un air suppliant l'institutrice, mais celle-ci estime avoir suffisamment aidé Ficelle, et reste de glace. Alors, la grande fille jette un coup d'œil éloquent vers Boulotte qui se penche en avant, cache sa bouche derrière une main (moyen infaillible pour attirer l'attention des professeurs !) et souffle le mot *plumage*. Malheureusement, comme elle a parlé à voix basse pour n'être point entendue par Mlle Bigoudi, Ficelle ne peut saisir que la deuxième syllabe. Elle suppose qu'il s'agit du mot *fromage* :

— « ... *si votre ramage se rapporte à votre fromage...* »

À peine a-t-elle prononcé ces deux vers que la classe tout entière éclate de rire. L'institutrice doit frapper sur son bureau avec une règle pour parvenir à rétablir le silence. Elle apostrophe Ficelle sévèrement :

— Mademoiselle, vous n'êtes pas ici pour vous livrer à des plaisanteries aussi stupides. Vous copierez trois fois cette fable, que vous me réciterez correctement lors du prochain cours. Retournez à votre place.

Ficelle regagne son banc en maudissant intérieurement La Fontaine, qui n'aurait pas eu l'inconscience de composer des fables s'il s'était douté qu'elles dussent un jour représenter un objet de supplice pour les malheureuses écolières du XXIe siècle !

Charlot s'arrête devant la boutique d'un charcutier. Il a l'estomac creux, et guigne une pile de sandwiches. Le voilà qui s'approche de la boutique à reculons, allonge le bras tout doucement... Mais un policeman énorme apparaît, qui l'observe d'un air soupçonneux. Charlot se tortille en grimaçant un sourire, soulève son melon d'un coup sec, puis tend un doigt en l'air. Le policier lève la tête, et Charlot en profite pour saisir un sandwich, passer entre les jambes du policier et s'enfuir. Le charcutier et le représentant de la loi s'élancent sur les traces de Charlot, bousculent la voiturette d'une marchande d'œufs. La cargaison s'écrase sur le sol en formant une immense omelette.

Les spectateurs rient de tout leur cœur. Ficelle, pliée en deux, a du mal à retrouver sa respiration, et Boulotte ne peut plus mastiquer les caramels qu'elle a achetés pendant l'entracte. Rien ne vaut un bon film comique pour oublier les ennuyeuses prépositions adverbiales ou les pièges de la multiplication des fractions !

La séance se termine à onze heures du soir, et les trois détectives de Framboisy accompagnent Colette au Clos des Fougères. Le temps est lourd. De gros nuages bas voilent les étoiles. Dans le lointain, un grondement de tonnerre annonce qu'un orage s'approche. Ficelle a l'intention de monter une petite garde, soit près de la ferme, soit à la lisière du bois, mais lorsqu'elle fait part de ce projet aux Legrand, ceux-ci hochent la tête.

— Je pense, dit M. Legrand, que, si le géant vient faire le guignol cette nuit, il recevra une bonne averse sur le dos ! Non, je crois que cette nuit nous dormirons tranquilles.

Françoise, Boulotte et Ficelle prennent congé et retournent en hâte chez elles, car des gouttes de pluie commencent à tomber. Il est convenu que, si le temps virait au beau le lendemain, elles retourneraient au Clos pendant l'après-midi pour y faire quelques petits travaux. Si la pluie persistait, elles resteraient à la maison pour coudre des robes, faire de la peinture, ou écouter le fameux tube *Moi, j'aime les pom-pom-pommes de terre frites !*

chapitre 9

Pots de fleurs et fraises des bois

Le soleil se lève, chasse l'orage à grands coups de rayons lumineux, et s'installe commodément dans le ciel bleu pour y passer la journée du samedi.

La matinée est vite écoulée, et dès le début de l'après-midi, les trois détectives en herbe se rendent au Clos des Fougères. Mme Legrand poursuit ses travaux de nettoyage ; M. Legrand, immobilisé malgré lui, astique avec une éponge métallique des vieilles casseroles ; et Colette, armée d'une petite serfouette, gratte de son mieux la terre du potager. Un quatrième personnage est venu apporter son concours à la rénovation du domaine : le cantonnier. Suivant le conseil de

Françoise, Mme Legrand s'est mise en relation avec lui, et il a accepté de travailler pour eux le samedi après-midi et le dimanche. De son côté, il a pressenti un maçon du voisinage, un Italien nommé Baratini, ainsi que le bonhomme Goupil, un campagnard moitié bûcheron moitié braconnier. Ils doivent venir en semaine pour niveler le terre-plein du Clos, raser les vestiges de la chapelle, et consolider les bâtiments de la ferme.

L'arrivée des trois filles permet d'organiser une « usine de pots de fleurs ». Mme Legrand veut agrémenter la ferme en disposant sur les appuis de fenêtres des pots de jacinthes, et il faut procéder à la mise en terre des oignons. Boulotte tamise du terreau, Colette remplit les pots, Françoise plante les oignons et Ficelle les arrose. Cette chaîne de montage fonctionne jusqu'à l'heure du goûter avec, il faut bien le reconnaître, de nombreuses interruptions. Tantôt Boulotte cesse de tamiser pour décortiquer des cacahuètes, tantôt Ficelle court après un papillon pour le rafraîchir avec l'arrosoir (sans succès d'ailleurs), ou se met à quatre pattes pour examiner de près un ver de terre et chercher de quel côté se trouve la tête. Tant bien que mal, vingt-cinq pots garnis sont alignés et, en récompense, les filles ont droit à une tarte aux pommes dont la belle apparence enthousiasme la gourmande Boulotte.

Les quatre amies sont assises dans la cour, sur des vieilles caisses qui leur paraissent les plus beaux sièges du monde, et bavardent comme des pies en échangeant des propos sur des sujets passionnants, comme les nouveaux bracelets démontables en plastique jaune, les stylos à bille carrée ou encore le gel Fixotif, qui, selon la publicité, *« donne sans retard une chevelure de star »*.

La journée est belle et calme. De temps en temps, un oiseau – sans doute un rossignol – fait *pouic !*

— Comme c'est tranquille ici ! dit Colette, quelle différence avec Paris ! Framboisy est un petit trou de province. Il ne doit jamais rien s'y passer...

— Mais pas du tout ! proteste Ficelle. Si tu avais été ici l'année dernière, oh là là !

— Comment ?

— Tu aurais vu ce qui s'y est passé ! D'abord, il y a eu toute une affaire d'espionnage ! Françoise, Boulotte et moi avons failli nous noyer et nous n'avons été sauvées que grâce à Fantômette[1]. Ensuite, nous avons fondé un club de détectives pour résoudre le mystère des attentats qui se produisaient à Framboisy[2]. Et c'est encore grâce à Fantômette que nous avons réussi.

— Dis plutôt, rectifie Françoise, que c'est elle qui a débrouillé ces deux affaires. Sans son intervention, rien ne serait encore résolu.

— Mais qui est donc cette fameuse Fantômette ? demande Colette.

— À vrai dire, répond Ficelle, on n'en sait trop rien. Il s'agit d'une jeune fille masquée qui s'attaque à des malfaiteurs, et personne n'a pu voir son visage à découvert. Mais on suppose qu'elle habite à Framboisy.

— Alors, si elle habite ici, elle va peut-être à l'école ? Et si c'était une élève de Mlle Bigoudi ?

— C'est bien possible. J'ai souvent cherché à le savoir, mais sans y parvenir. Je ne vois pas qui cela pourrait être...

Les quatre amies continuent de bavarder pendant un moment, puis en viennent à parler du géant. Ficelle sort un papier de sa poche et dit :

---

1. Voir *Les exploits de Fantômette*.
2. Voir *Fantômette contre le hibou*.

— J'ai établi une précieuse liste des géants célèbres. Je vais vous la lire. Vous allez voir comme c'est passionnant ! Il y a d'abord Antée, le fils de la Terre, qui se battait contre Héraclès ; puis le cyclope Polyphème, qui se battait contre Ulysse ; Goliath, qui se battait contre David ; Briarée, qui se battait contre Poséidon ; l'Ogre, qui se battait contre le Petit Poucet...

— Mais, observe Colette, ils passaient donc leur temps à se battre ?

— Ah oui ! C'étaient de grands batailleurs... Il y a aussi Samson, qui se battait contre les Philistins ; Typhée, qui se battait contre Zeus ; Adamastor, qui se battait contre Vasco de Gama...

— Ton catalogue n'est pas très varié, remarque Françoise.

— Attendez, je n'ai pas fini. Il y a Gargantua, qui se battait contre Picrochole ; son fils Pantagruel, qui se battait contre le roi Anarche ; le géant Orion, qui se battait contre Artémis ; Cacus, qui se battait contre Hercule ; et Hercule lui-même, qui se battait contre tout le monde !... C'est intéressant, n'est-ce pas ? Je suis sûre que, si Mlle Bigoudi m'interrogeait sur les géants, je décrocherais peut-être un dix[1]. Je vais maintenant établir une liste des nains célèbres...

Le goûter achevé, Boulotte fait une proposition qui est accueillie avec des cris de joie.

— Nous pourrions aller dans le bois, voir s'il y a des fraises ?

— Et si nous rencontrons le géant ? demande Colette.

— Bah ! s'écrie Ficelle, je vais emporter un bâton, et s'il veut nous faire des ennuis, je le battrai à plâtre couture !

— *Plate,* rectifie Françoise, *plate* couture. Ou alors tu peux dire : « Je le battrai comme plâtre. » De toute manière, je ne pense pas qu'il se montrera de jour. Il ne sort que la nuit.

Les quatre filles traversent la propriété et s'arrêtent pour bavarder avec le cantonnier, qui bouche les trous faits par l'ancien propriétaire. Tout en maniant la bêche, il grogne :

— Je me demande bien pourquoi le vieux Brindejonc creusait ces trous ! Les étoiles, ça ne pousse pas sous la terre ! Je vous dis, moi, qu'il n'avait pas toute sa tête à lui !

---

1. La liste donnée par Ficelle est bien plus restreinte que le catalogue de géants établi par Rabelais, qui ne comprend pas moins de soixante-deux noms !

— N'a-t-il fait aucune fouille du côté de la chapelle ?

— Ça, je ne comprends pas comment il aurait bien pu creuser dans le sol de la chapelle, vu qu'il est formé de dalles. Il y a tout juste un peu de terre dessus, mais dès qu'on l'enlève, la pierre apparaît. Pour toutes ces questions de grattouiller le sol, vous pouvez me faire confiance ! C'est ma partie. Je suis un cantonnier de première classe, moi !

Les filles laissent le brave homme continuer son travail de rebouchage, et s'enfoncent dans le bois. L'orage de la nuit a détrempé le sol, et il s'en dégage des senteurs végétales de feuilles, de mousses et de terre. L'air y est frais, la lumière vert pâle ; les oiseaux (toujours des rossignols, d'après Ficelle) font *couic !* et *plouc !*

Quoique les insectes soient cachés, on devine leur bruissement sous les touffes d'herbe et dans les buissons. Parfois, une sauterelle jaillit d'une plante, comme lancée par un élastique. Des bestioles aériennes, dont seul un entomologiste aurait pu dire le nom, sillonnent l'air avec des bourdonnements d'hélicoptères. C'est Françoise qui découvre les premières fraises. Quatre points rouges, au creux des racines d'un chêne, qui sont répartis entre les quatre amies. Puis avec la sûreté d'instinct d'une gourmande née, Boulotte déniche un véritable filon, un véritable parc à fraises, qui est mis au pillage. Colette en enveloppe quelques-unes dans un mouchoir pour les rapporter à ses parents. Boulotte veut ensuite chercher des champignons ; mais après un quart d'heure de battue, elle déclare que les champignons se sauvent à toutes jambes à son approche, et elle ne peut attraper que trois ou quatre spécimens jaunâtres, d'aspect assez inquiétant, qu'elle rejette par prudence.

Elles reprennent la direction du Clos des Fougères. Alors qu'elles vont atteindre de nouveau la lisière, Ficelle tombe soudainement sur le sol en criant :

— Houlà ! Il y a un serpent qui me tient par la jambe ! Au secours !

Les autres accourent, et constatent que le terrible serpent est en fait un fil de cuivre attaché à un petit piquet. Ficelle est libérée par Françoise qui lui dit :

— N'aie pas peur, ce n'est qu'un collet pour attraper les lapins. Ne bouge pas, je vais te l'ôter... Tiens, le voilà, ton serpent ! Preuve qu'il n'était pas nécessaire de pousser des hurlements.

— Ah ! j'aurais voulu t'y voir ! Ça fait un drôle d'effet d'être brusquement attrapée quand on ne s'y attend pas ! Je me demande qui a bien pu mettre ce piège là.

Elles quittent le bois et retournent au Clos. Ficelle s'empresse de conter sa mésaventure au cantonnier qui s'écrie :

— Mademoiselle, ne cherchez pas qui a posé ce collet. C'est sûrement Goupil. Il installe ses pièges un peu partout, pour des lièvres ou des lapins. Ça ne m'étonne pas que vous ayez fourré une patte dedans.

— Eh bien, je n'irai plus dans ce bois !

— Oh ! vous pouvez y aller tout de même, mais en faisant attention où vous posez les pieds. Ou plutôt, je dirai à Goupil que vous avez été prise dans un de ses collets, et qu'il ferait mieux de braconner un peu plus loin.

La fin de l'après-midi se passe sans autre incident... Il y a quelques hésitations pour savoir si l'on doit monter la garde, pour le cas où le géant reviendrait, mais M. Legrand déclare :

— Même s'il lui prend la fantaisie de nous importuner, il tombera, comme on dit, sur un bec. Tous les soirs, nous nous barricadons à l'intérieur de la ferme. Alors, il peut toujours venir jouer du tuyau de poêle ou de la cornemuse. Nous ne bougerons pas !

Boulotte, Françoise et Ficelle quittent le Clos avec l'esprit assez tranquille. Ficelle juge que Françoise s'est trompée en croyant que le géant voulait effrayer la famille Legrand pour la forcer à partir.

— À mon avis, il s'agit tout simplement d'un mauvais plaisant. Quelqu'un qui voulait leur faire une farce. C'est d'ailleurs idiot. Moi, quand je veux faire une farce à quelqu'un, je lui mets du poil à gratter dans le cou ou du fluide glacial sur son siège. C'est tout de même plus intelligent que de se déguiser en Pantagruel ! Je suis persuadée qu'on n'entendra plus parler de ce géant !

Il semble que l'avenir doive donner raison à Ficelle. Pendant quatre jours, le Clos des Fougères est l'endroit le plus paisible du monde. Le maçon Baratini et le bonhomme Goupil viennent travailler à la mise en état du domaine. Ils finissent de boucher les trous, rasent les bosses, nivellent, entassent dans une brouette les pierres éparses de la vieille chapelle. Les nuits sont silencieuses. Pas la moindre ombre du plus petit géant.

Mais le cinquième jour...

chapitre 10
Attentats

Ce jour-là commence comme d'habitude. Au début de la matinée, le bonhomme Goupil arrive. C'est un campagnard entre deux âges, chaussé de bottes en caoutchouc noir, vêtu d'une veste de cuir et porteur d'un chapeau de couleur indéfinie et de forme imprécise. Son visage est vaguement barbu, sans doute parce qu'il ne se rase pas très souvent. Il se met à travailler dans les ruines de la chapelle, raclant avec une houe la terre qui en recouvre le sol. Un quart d'heure plus tard apparaît Baratini, tout de blanc vêtu comme un pâtissier ; sa tête aux cheveux noirs et frisés s'orne de la casquette de toile qu'affectionnent les ouvriers du bâtiment. Dès son arrivée, il explique à Goupil, à l'aide de grands gestes, une longue histoire sur son *bambino,* qui est resté en Italie et vient d'avoir sa première dent, comme l'annonce une lettre envoyée par sa femme. Goupil s'intéresse autant à la dent du petit Italien qu'à sa première cigarette, mais pour ne pas froisser son compagnon, il grogne :

— Allons, eh bien, tant mieux !

Puis il se remet à l'ouvrage. Baratini s'en va chercher la brouette et entreprend de véhiculer les blocs de pierre qui se détachent des ruines. Un moment plus tard, M. Legrand, qui s'appuie sur une canne, vient visiter le chantier. Il hoche la tête avec regret.

— Je suis désolé d'avoir cette foulure au pied, sans quoi je pourrais vous aider.

— Bah ! dit Goupil, ne vous en faites pas ! Nous allons bien y arriver sans vous.

— Évidemment, mais le manque d'activité me pèse. Enfin, je pense que, d'ici quelques jours, je pourrai marcher normalement.

— Allons, tant mieux ! Mais à votre place, je me garderais bien de marcher. Je resterais allongé à la ferme, sans rien faire. Je suis un peu rebouteux, vous savez... Les foulures, je connais ça. Et si vous m'en croyez, vous ne bougerez point d'un bon fauteuil.

— Pourtant, il ne faut pas s'engourdir...

Le bonhomme hoche la tête d'un air désapprobateur.

— Faut point marcher trop tôt, sinon on a des rechutes, et ça peut devenir très mauvais !

— Vous croyez ? demande M. Legrand en souriant.

— Oui, ben oui.

Il suit le conseil de Goupil et rentre à la ferme, clopin-clopant, pour s'installer dans un fauteuil.

À midi, les deux ouvriers s'en vont déjeuner chez eux. M. Legrand éprouve de nouveau le besoin de se dégourdir les jambes, et, malgré l'avis que lui a donné Goupil, il prend sa canne et traverse le Clos, pendant que Mme Legrand et Colette font la vaisselle.

Il ne se trouve plus qu'à une dizaine de mètres des ruines, quand un coup de feu éclate. Une touffe d'herbe, aux pieds de M. Legrand, est arrachée du sol et voltige à dix pas de là. À la lisière de la forêt, un petit nuage de fumée bleue se dissipe dans l'air calme. M. Legrand se couche sur le sol pour offrir une cible réduite à l'agresseur, et attend, scrutant les arbres pour essayer de découvrir qui s'amuse à lui tirer dessus. Mais rien ne bouge. Il se relève avec précaution, sans cesser d'observer la lisière, et s'éloigne lentement vers la ferme, prêt à se plaquer de nouveau à terre. Mais rien ne se produit. Le tireur s'est éloigné après le coup de feu. M. Legrand rassure sa femme et sa fille qui ont perçu la détonation.

— Ce n'est rien ; probablement quelque chasseur dans les bois.

Il va se rasseoir dans le fauteuil, pensif. Un quart d'heure plus tard, l'Italien réapparaît, toujours bavard ; il explique que son fils vient de percer sa première dent. Puis le bonhomme Goupil le rejoint, et les deux hommes retournent travailler aux ruines. M. Legrand installe son fauteuil de manière à pouvoir surveiller la chapelle et la lisière du bois.

À sept heures, Baratini enlève sa casquette, s'éponge le front, et dit :

— Ouf ! Assez pour aujourd'hui. Je vais voir à la maison s'il n'est pas arrivé une autre lettre. Peut-être que le *bambino* a percé une deuxième dent !

Et il part en avant, courant presque. En passant près de la maison, il explique à

M. Legrand, avec de grands gestes, que, depuis la veille, son petit garçon a sûrement vu sa denture s'accroître.

C'est à cet instant que retentit le second coup de feu. Cela vient du bout de la propriété.

— Encore un chasseur ! dit Mme Legrand qui sort de la ferme avec sa fille.

L'Italien hoche la tête.

— Non. En ce moment, la chasse, elle est fermée.

M. Legrand s'est entre-temps levé, et, malgré la gêne que lui cause sa jambe, il se met à marcher à grands pas vers la chapelle. Goupil apparaît alors, titubant comme un homme ivre.

— Mon Dieu ! fait Mme Legrand, que lui est-il arrivé ?

Baratini se précipite au pas de course vers son compagnon, qui tient son chapeau d'une main et de l'autre se frotte la tête.

— Êtes-vous blessé ? crie M. Legrand.

Goupil halète, incapable de parler. On le fait asseoir sur une caisse, et, après avoir quelque peu repris haleine, il explique, avec émotion :

— On m'a tiré dessus ! Un homme qui était dans le bois... J'ai juste entrevu une silhouette grande, grande ! Un homme gigantesque !

— Le géant !

— Je ne sais pas si c'est un géant, mais il est démesuré ! Il avait un fusil de chasse. Regardez mon chapeau : il est criblé de plombs ! Dix centimètres plus bas, et je prenais tout en pleine figure !

Le vieux chapeau est transformé en passoire ! Effrayé, l'Italien bredouille :

— Si on tire sur les braves travailleurs, je ne veux pas rester ici ! Ah non ! je préfère retourner en Italie !

Mais le plus inquiet est M. Legrand. Il avoue :

— On m'a tiré dessus également, au début de l'après-midi.

Mme Legrand sursaute.

— Comment ! Tu ne l'as pas dit ?

— Je ne voulais pas t'effrayer. Mais maintenant, puisque le géant est revenu, nous allons prendre des précautions plus sévères.

— En tout cas, dit Baratini, moi, je ne reviens plus travailler ici !

L'inquiétude de l'Italien est justifiée par le danger qu'il court, et l'on ne peut songer à le retenir. M. Legrand lui règle ses journées de travail et le laisse partir.

— Et vous, Goupil, interroge-t-il, nous abandonnez-vous ?

Le bonhomme contemple son chapeau sans enthousiasme. Il grommelle :

— Le coin ne m'a pas l'air bien sain... On s'y casse les jambes... on y reçoit des coups de fusil... Je me demande bien pourquoi vous venez habiter ici !

— Pour installer un camp de vacances, vous le savez bien.

Il hoche la tête.

— Quand vous serez mort et enterré, vous aurez bien du mal à l'installer, votre camp !

Mme Legrand se serre contre son mari.

— Il a peut-être raison. Ce géant nous veut du mal. J'ignore pourquoi, mais c'est ainsi. Nous devrions retourner à Paris, du moins pour quelque temps. Songe à Colette ! S'il lui arrivait quelque chose !

— Allons, allons ! Un peu de sang-froid ! Il faut commencer par prévenir la gendarmerie, pour qu'on nous envoie une garde cette nuit. Cela fera tout de même réfléchir notre loup-garou. Demain, nous aviserons.

— À votre place, dit Goupil, je ferais mes valises et j'irais planter mes choux ailleurs.

Il s'éloigne en secouant la tête avec un air

qui signifie : « Ces gens-là sont insensés de vouloir rester sur place ! »

Quelques instants après son départ, une mince jeune fille brune saute de bicyclette et entre dans le Clos. C'est Françoise. Elle tient à la main un cahier à couverture verte qu'elle tend à Colette.

— Tiens. Tu m'as demandé de te prêter mon cahier de géographie. Mais... Vous en avez, une tête ! Que se passe-t-il ?

M. Legrand expose les faits, que Françoise écoute avec attention. Lorsqu'il a terminé, elle dit pensivement :

— Ainsi donc, le géant est revenu... C'est étrange... Depuis plusieurs jours, il n'avait pas donné signe de vie.

— En tout cas, dit Mme Legrand, ce n'est pas simplement un mauvais plaisant. C'est réellement un individu qui nous veut du mal ! Moi, je ne tiens pas à rester ici pour risquer de m'y faire assassiner.

— Quelles précautions comptez-vous prendre ?

— Je vais téléphoner à la gendarmerie, dit M. Legrand, et demander que l'on nous envoie quelqu'un pour exercer une surveillance autour du Clos.

— Et moi, en attendant, je vais jeter un petit coup d'œil sur la chapelle.

— Non, non ! N'y allez pas ! Si le géant vous tirait dessus !...

— Ne vous inquiétez pas pour moi ! crie Françoise en s'enfuyant.

Elle traverse le Clos au pas gymnastique sans essuyer le moindre coup de feu, s'approche des ruines et inspecte l'état des travaux faits par les deux hommes. Ils ont dégagé les alentours, commencé à démanteler les murs, et enlevé la terre qui recouvrait l'intérieur de la chapelle. Les dalles de pierre apparaissent à nu, pour la première fois depuis des siècles peut-être. Dans un angle, les outils sont entassés sur la brouette retournée.

Françoise fait le tour des ruines en étudiant soigneusement les murs et la terre, puis revient au centre. Elle regarde autour d'elle en tortillant machinalement une boucle de ses cheveux. Elle se baisse, examine les dalles, se relève et s'adosse au mur. La nuit commence à tomber.

Elle murmure :

— S'*il* a recommencé ses menaces, c'est qu'*il* a découvert quelque chose. Mais quoi ?

Son regard parcourt chaque dalle, chaque

pierre. Il s'arrête sur les outils et la brouette. Pourquoi est-elle retournée ? Pour éviter que la pluie ne s'y mette, évidemment, et ne la fasse pourrir. Mais ce genre de précaution, on ne le prend que lorsqu'on remise une brouette pour une longue période. Or, celle-ci devait servir journellement. Alors, pourquoi l'avoir mise à l'envers ? Il doit y avoir une raison... Peut-être recouvre-t-elle une chose qu'elle doit protéger ? Protéger de la pluie, ou du regard ?

Françoise enlève les outils, saisit la brouette par un brancard et la tire de côté, mettant au jour un angle de la chapelle.

Alors, elle voit ce qu'elle cherchait. Elle a deviné juste. Sur une des massives dalles de pierre, une petite étoile à cinq branches est gravée.

Françoise sourit et murmure :

— Il a voulu prendre trop de précautions. Si cette brouette n'avait pas été retournée à cet endroit, je n'aurais pas songé à regarder dessous. Cette étoile est à peine visible...

Elle remet la brouette et les outils en place, et s'en retourne à la ferme. Mme Legrand pousse un soupir de soulagement.

— Je suis contente de vous revoir. Je craignais qu'il ne prenne envie au géant de vous tirer des coups de fusil.

— Non. En ce moment, il doit être en train de dîner. Mais il pourrait bien revenir cette nuit. À quelle heure arrivent les gendarmes ?

— Neuf heures.

— Bien. Ouvrez l'œil. Je crois que, cette fois-ci, les choses vont devenir sérieuses.

— Mais... Qu'est-ce qui vous fait croire cela ?

— Une intuition. Rien n'est certain, mais tout est possible. À votre place, je resterais barricadée dans la ferme.

Elle enfourche sa bicyclette et disparaît. Les époux Legrand se regardent.

— Eh bien, dit M. Legrand, cette petite a de l'autorité ! Un vrai général préparant son plan de bataille ! Napoléon devait être comme ça !

Fantômette jette un regard sur le cadran lumineux de sa montre. Les aiguilles phosphorescentes marquent onze heures. La nuit est sereine. Les rossignols de Ficelle (ceux qui de jour faisaient *couic !* ou *plouc !*) se taisent. Il n'y a pas de vent ; le moindre bruit frappe l'oreille. Les onze coups du clocher de Framboisy se font entendre, très nets. Au bout du Clos, la ferme forme une grosse masse noire, percée seulement par un rectangle de lumière que ferment des rideaux à damier rouge et blanc : la chambre des époux Legrand qui veillent.

Sur la lisière du bois, deux silhouettes massives déambulent en écrasant des brindilles sur leur passage, échangeant de temps en temps une phrase banale, mais pleine de bon sens :

— Gendarme Lilas, voilà une belle nuit !

— Sûrement, brigadier Pivoine, vous avez raison !

— Si le travail de la gendarmerie consistait uniquement à se promener dans les bois, je me ferais gendarme tout de suite !

— Ah ! c'est ce que je ferais moi aussi, indubitablement !

Le brigadier Pivoine et le gendarme Lilas patrouillent autour du Clos des Fougères, ouvrant l'œil (et le bon !) pour s'opposer à toute intrusion illégale du géant. La promenade n'est d'ailleurs pas sans danger, car le géant en question n'a pas précisé sur qui il avait l'intention de tirer. De temps en temps, le brigadier se retourne d'un geste brusque en portant la main sur l'étui de son pistolet.

— Vous êtes bien nerveux ! lui fait remarquer le gendarme Lilas.

— Nerveux, non ! Mais prudent, oui. Rien ne dit que cet oiseau ne va pas nous mitrailler dans le dos. J'ai fait la guerre, moi, et je sais ce qu'est une embuscade. Il faut toujours se tenir sur ses gardes. Et dites-vous bien une chose, c'est qu'il n'y a pas de gendarmes pour nous protéger, nous !

Arrivés à l'extrémité du bois, ils font demi-tour et s'en reviennent à petits pas en longeant la lisière.

Fantômette avait escaladé un arbre et s'était assise dans le creux de la première branche. Sa forme immobile se perdait dans l'amas sombre des feuilles. Seul un regard extraordinairement aigu aurait pu distinguer sa présence.

Les deux gendarmes passent devant elle, s'éloignant en direction des ruines. Quelque part dans le bois, l'herbe est froissée par un pas léger. Le pas de quelqu'un qui s'approche avec précaution, cherchant à éviter de faire du bruit. Fantômette tourne la tête vers l'endroit d'où semble provenir le crissement à peine perceptible. Le sous-bois est absolument noir, et il lui faut patienter, attendre que le visiteur nocturne atteigne la zone plus claire de la lisière. Alors, elle voit. Une ombre qui se glisse entre les troncs, à dix mètres à peine, se plaque contre un chêne en surveillant le mouvement des gendarmes. Ceux-ci s'éloignent en tournant le dos. Soudain, l'inconnu bondit hors du bois, franchit en courant une dizaine de mètres et s'aplatit derrière un buisson. Les deux pandores n'ont rien remarqué.

« Voilà qui est étrange, pense Fantômette, ce géant a une taille tout à fait normale. Autrement dit, ce n'est pas un géant ! »

L'homme quitte la cachette formée par le buisson, et s'engage à travers le Clos par bonds successifs, en direction de la ferme.

« Que manigance-t-il ? Il n'a pas de fusil, donc il ne tirera pas de coups de feu... Alors ? Heureusement que je suis là, parce que, s'il fallait compter sur ces braves gendarmes... »

Elle descend en souplesse de son perchoir, s'assure que les gendarmes regardent encore dans une autre direction, et s'élance sur les traces du « géant ».

Celui-ci s'approche de la ferme, accélérant son allure. Très rapidement, il atteint la cour, qu'il traverse. Il s'accroupit contre la partie du bâtiment qui constituait autrefois une grange à fourrage, et s'immobilise. Une flamme jaillit.

« Que fait-il ? se demande Fantômette. Il allume une cigarette ? Voilà une curieuse idée. »

L'homme vient en effet d'allumer une cigarette. Il se relève, et s'éloigne des bâtiments en reprenant la direction du bois.

« Qu'est-il donc venu faire ? C'est incompréhensible... »

Fantômette s'apprête à suivre l'inconnu, lorsqu'elle se rend compte qu'à l'emplacement qu'il vient de quitter, se trouve un point rouge immobile. Il a donc posé sa cigarette sur le sol ?

Elle s'approche, et découvre l'infernale machination de l'homme. Il a coincé la cigarette allumée dans une boîte d'allumettes à demi ouverte, plaquée contre la paroi de bois du bâtiment. Lorsqu'elle sera presque entièrement consumée, le feu atteindra le phosphore des allumettes qui s'enflammera à son tour, provoquant l'embrasement de toute la boîte, et par suite l'incendie de la ferme !

« Eh bien, notre bonhomme est un saboteur breveté ! En attendant, je vais désamorcer son engin. »

Elle éteint la cigarette, puis retraverse le Clos. L'homme s'est de nouveau dissimulé derrière un buisson, et attend que les gendarmes se soient éloignés pour revenir dans le bois. Ils passent en bavardant, sans se douter que deux visiteurs nocturnes sont là, tout près...

S'étant assuré que le champ est désormais libre, l'inconnu franchit promptement la lisière et s'enfonce dans le bois en marchant avec précaution pour étouffer ses pas. Le bois traversé, il coupe à travers un champ et atteint le bosquet de frênes au pied duquel s'élève la maisonnette rouge. Il sort une clef de sa poche, l'introduit dans la serrure, ouvre la porte et tend le bras pour tourner l'interrupteur. L'intérieur de la pièce s'éclaire.

L'homme pousse une exclamation de surprise :

— Vous !

— Oui, moi !

Fantômette est là, tranquillement allongée sur le lit, les mains derrière la tête, les jambes croisées. L'inconnu serre les poings et grogne :

— Que faites-vous chez moi ? Comment êtes-vous entrée ? Et qui vous a permis de venir ici ?

— Je vais répondre à vos trois questions. Ce que je fais ici ? Je vous attends. Comment suis-je entrée ? Par la porte.

— Mais... vous n'avez pas de clef ?

Elle tire de sa ceinture une tige d'acier courbée à son extrémité.

— Avec ceci, on peut ouvrir aisément une serrure aussi primitive que la vôtre. Troisièmement, qui m'a donné la permission d'entrer ici ? Moi-même. Je me suis accordé ladite permission.

— Mais... vous n'aviez pas le droit !

— Soit. Mais vous, aviez-vous le droit de tirer des coups de fusil sur les Legrand et de mettre le feu à leur ferme ?

— Ah ! Comment savez-vous cela ?

— Depuis une semaine, je vous surveille. Je vous ai déjà surpris en train de voler le missel dans le coffre de la ferme. J'ai constaté que vous faisiez tout votre possible pour effrayer les Legrand, en vous déguisant en géant ou en leur tirant dessus des coups de feu. Et maintenant, vous venez de tenter d'incendier leur ferme. D'ailleurs, je vous signale en passant que votre petit coup est raté. J'ai éteint la cigarette.

La stupéfaction se peint sur le visage de l'homme. Il bredouille :

— Comment avez-vous pu faire ? Je viens à peine de l'allumer moi-même.

Fantômette se redresse, s'assoit sur le lit et hausse les épaules.

— Vous êtes revenu de la ferme en marchant. Moi, j'ai couru.

Une fois le premier moment de surprise passé, l'inconnu se ressaisit. Il considère le faible poids de son adversaire, sa frêle apparence ; et son étonnement commence à faire place à une sourde colère. Il pose les poings sur ses hanches et apostrophe la justicière :

— Écoutez-moi, jeune déguisée ! Voilà deux fois que je vous trouve en travers de mon chemin et c'est deux fois de trop. Vous allez vous expliquer. Que me voulez-vous ? Que cherchez-vous ?

Fantômette met son menton sur son poing et répond :

— Ce que je veux ? C'est bien simple. Je veux que vous laissiez en paix la famille Legrand. Le Clos leur appartient, et vous n'avez pas à y fourrer votre nez. Encore moins à essayer d'en faire partir ces braves gens. Il y a sur leur domaine quelque chose qui vous intéresse énormément, n'est-ce pas ?

Le visage de l'homme se ferme. Il grogne :

— C'est mon affaire.

— À votre aise. Seulement, vous oubliez que ce quelque chose leur appartient, et que par conséquent vous ne devez pas y toucher. Ce serait du vol.

— C'est le cadet de mes soucis. Mais comment avez-vous appris que je suis à la recherche de quelque chose ?

— Facile. J'ai lu en entier la formule inscrite à la dernière page du missel. Jusqu'à présent, je ne connaissais qu'une partie de cette formule, mais maintenant, je sais qu'elle se compose de quatre phrases formant une sorte de poème.

Et Fantômette sort de dessous l'oreiller le volume de cuir noir. L'homme frémit de fureur :

— Vous avez touché à ça ! Il était dans mon armoire ! Vous avez osé !... Posez-le sur la table !

— Non. Je vais le rendre à ses propriétaires. Il est normal qu'eux aussi puissent prendre connaissance de la formule.

Tremblant d'irritation, le visage grimaçant,

il bondit vers le fusil de chasse qui est accroché au mur, l'arme et le pointe vers Fantômette. Celle-ci se lève tranquillement, arrange avec grâce les plis de sa cape de soie, met le livre sous son bras et se dirige vers la porte. L'autre crie :

— Un pas de plus et je tire !

Fantômette lui fait un pied de nez et saisit la poignée de la porte. L'homme hurle :

— Tant pis pour vous, vous l'aurez voulu !

Il appuie sur la détente. L'arme fait « clic ! » et Fantômette sourit.

— Ne vous fatiguez pas, mon bon monsieur, *j'ai retiré les cartouches.*

Elle ouvre la porte en ajoutant :

— Une dernière fois, laissez les Legrand tranquilles, sinon je vous transforme en chair à pâté. Bonsoir !

Elle referme la porte derrière elle. L'homme se précipite pour la rouvrir et s'élancer au-dehors.

Mais il a beau écarquiller les yeux, regarder à droite et à gauche, c'est en vain : Fantômette a disparu dans la nuit.

chapitre 11

Ficelle tend un piège

Au cours de la récréation qui coupe en deux la matinée, Colette fait part à ses amies des dernières nouvelles du Clos. Les gendarmes ont monté la garde pendant une bonne partie de la nuit, et le géant a sans doute eu peur d'eux, car il n'est pas venu. Ils exerceront de nouveau leur surveillance le soir même. Malgré ses appréhensions, Goupil est allé travailler dans les ruines. Colette l'a croisé au moment où elle partait pour l'école. M. Legrand va beaucoup mieux et il pourra effectuer quelques menus travaux ; s'il ne lui est pas encore possible de pousser la brouette, par exemple, il s'occupera de la charger avec les pierres détachées des murs.

La seconde partie de la matinée est consacrée à un cours d'histoire naturelle sur le squelette. L'étude de l'humérus, du radius et du cubitus ne comptant point au nombre des activités capables d'intéresser la grande Ficelle, elle décide de s'occuper de son catalogue des nains.

La chose est plus difficile qu'on n'aurait pu le croire à première vue. Les nains sont beaucoup moins nombreux que les géants. Ou alors, comme ils sont très petits, on les voit moins facilement. Après vingt bonnes minutes de réflexion, Ficelle n'a pu noter sur son cahier que quatre noms : Tom Pouce le nain anglais ; son collègue français le Petit Poucet ; le Nain Jaune, dont elle ne sait plus très bien s'il s'agit d'un homme ou d'un jeu de société ; et enfin un peintre nommé Le Nain, qui ne devait pas être de grande taille. Ah ! il y a aussi les sept nains de *Blanche-Neige,* que l'on appelle toujours « les sept petits nains », comme si un nain pouvait n'être pas petit !... *Blanche-Neige,* c'est un joli conte !

Ficelle médite sur les divers contes qu'elle connaît, puis s'avise qu'aucun d'eux ne la satisfait entièrement ; et elle décide d'en créer un, pour son plaisir personnel. Elle prend alors son cahier de géographie, en détache une double feuille et écrit en tirant la langue : *Le dragon bariolé (conte de fées)*. « *Il était une fois...* »

Elle s'arrête, lève la plume et attend que l'inspiration veuille bien venir.

L'inspiration se faisant attendre, elle change d'idée et se met à dessiner des roses sur son cahier, puis des tulipes et des marguerites. Au bout d'un moment, elle en a assez, et s'aperçoit qu'elle s'ennuie mortellement. Pour se distraire, elle en est réduite à écouter le cours de Mlle Bigoudi qui jongle avec les fémurs, les tibias et les péronés. Ce déballage d'os finit par intéresser Ficelle qui s'amuse à dessiner ensuite un fémur, puis un bassin, une cage thoracique et un crâne. Cinq minutes plus tard, elle a composé un ravissant squelette, qu'elle orne d'une pipe et d'un chapeau haut de forme. Très contente d'avoir réalisé ce chef-d'œuvre, elle s'empresse de le faire circuler en le passant à ses voisines. Puis, les sujets macabres lui paraissant décidément pleins d'intérêt, elle dessine enfin un Train des Fantômes bourré de spectres, de têtes de morts et de pendus, poursuivi par des diables armés de fourches pointues.

Cette agréable occupation la fait patienter jusqu'à l'heure du déjeuner.

Le début de l'après-midi est consacré à l'étude du dessin. C'est un professeur spécial, M. Rambran, qui vient inculquer aux filles des notions de perspective, leur expose la manière de tracer des ombres ou de mélanger des couleurs. Alors que les peintres ont coutume d'être maigres, barbus, vêtus d'habits extraordinaires, M. Rambran, au contraire, est un petit homme replet, élégant et rasé de près. Il ressemble beaucoup plus à un banquier qu'à un rapin. Ce qui n'empêche pas les filles de lui attribuer le sobriquet évocateur de Dupinceau.

Il est entré en classe avec un bouquet de jacinthes roses à la main, comme s'il avait à souhaiter sa fête à quelque tante Ursule. Mais le bouquet n'est pas destiné à être offert. Rambran-Dupinceau le met dans un vase gradué qui sert aux expériences de chimie, salue courtoisement la gent féminine et annonce :

— Aujourd'hui, mesdemoiselles, nous ferons du dessin d'art. Sujet : ce bouquet de fleurs. Vous avez vos feuilles de papier ? Très bien. Tracez la marge, le cadre habituel, 290 sur 220. Et n'oubliez pas que votre composition doit être aussi grande que possible...

Ficelle se met à dessiner à contrecœur. Elle estime avoir suffisamment dessiné pendant la matinée, et, maintenant, des idées nombreuses se pressent dans sa tête, qui se mêlent à des images de dragons, de rois et de princesses. Son conte de fées prend forme... Elle l'a sur le bout de la langue et à l'extrémité du pinceau. Elle tire discrètement du casier son cahier d'histoire, l'ouvre à la dernière page et le retourne, ce qui met la marge à droite. Mais ce détail n'a pas d'importance, ce genre de devoir n'étant pas destiné à l'institutrice. Elle prend un crayon, et tout d'une traite écrit l'aventure du *Dragon bariolé*. Puis elle met le cahier dans son casier, et, pour rattraper le temps perdu, bâcle un bouquet de fleurs de façon si hâtive qu'on aurait pu le prendre pour l'un de ces tableaux modernes sans queue ni tête qui se vendent si cher.

Le professeur Rambran ne doit pas goûter la peinture moderne, car il gratifie Ficelle d'un 2, ce qui la rend furieuse.

— Et pourtant, grogne-t-elle, si j'avais signé mon barbouillage du nom d'un peintre célèbre de Montmartre, personne ne s'apercevrait que le tableau n'est pas de lui, et il vaudrait des millions...

Sa colère se dissipe pendant la récréation, au cours de laquelle elle organise une conférence de presse, pour lire à ses amies son conte de fées. Ravie, Colette bat des mains en disant :

— Raconte, vite !

— Voilà, dit Ficelle, il faut vous dire d'abord que c'est un conte de fées dans lequel il n'y a pas de fées.

— Dommage, observe Françoise.

— Mais il y a un dragon.

— J'aime bien les dragons ! affirme Colette. Est-ce qu'il est méchant ?

— Oui, très méchant.

— Ah ! tant mieux ! Alors, qu'est-ce qu'il a fait ?

— Attendez, je vais commencer par le début.

— Excellente idée ! approuve Françoise.

— Écoutez bien. « *Il était une fois un roi qui vivait dans une sorte de royaume.* » Je ne sais plus comment il s'appelait.

— Louis XIV ? suggère Boulotte en croquant une pomme.

Ficelle réfléchit une seconde et répond naïvement :

— Non, je ne crois pas que c'était lui.

— Tant pis ! Continue.

— « *Ce roi avait une fille qui se nommait Gertrude...* » ou Géraldine ; je ne sais pas encore très bien quel nom je vais lui donner. « *Et ce roi était très heureux. Mais il était très malheureux à cause du dragon.* »

— Il faudrait s'entendre ! Était-il heureux ou non ?

— Heu... C'est-à-dire qu'il l'aurait été s'il n'y avait pas eu de dragon. « *Il s'appelait...* » Je dois vous dire que je n'ai pas décidé quel nom je vais lui donner. Cornegriffe, ou Malicorne, ou Fourchequeue, je ne sais pas encore. Enfin, ça n'a pas d'importance. « *En tout cas, il était très méchant : il mangeait tout le monde. Les paysans, les nobles, les bourgeois, les grands, les petits, les gros, les maigres...* »

— Sans doute avait-il faim ? dit Boulotte en engloutissant sa pomme.

— Non, non ! C'était par pure méchanceté.

— Est-ce qu'il mangeait aussi les enfants ? demande Colette en frissonnant d'une angoisse délicieuse.

— Oui, bien sûr.

— Bon. Après ? dis vite !

— « *Alors, un beau jour, Fourchegriffe avala toute une fête. Des jeunes gens et des jeunes filles qui dansaient au son d'un orchestre. C'en était trop. Le roi en eut assez de voir ses sujets disparaître dans le gosier de Fourchecorne, et il fit appeler son chevalier qui se nommait Bertrand...* » ou Roland, je n'ai pas encore décidé. « *Il avait une épée enchantée, spécialement fabriquée par Merlin pour combattre les dragons bariolés. Alors, il fit "Hou !" pour faire peur à Griffecorne, et lui ouvrit le ventre en diagonale. Tous les gens de la fête sortirent, avec les musiciens, leurs tambours et leurs trompettes. Et aussi les nobles, les bourgeois et les paysans qui avaient été avalés avant.* »

— Il avait un grand estomac ! estime Boulotte.

— Sûrement ! « *Alors Gertrude ou Géraldine, la fille du roi, épousa le chevalier. Ils vécurent heureux et ils eurent beaucoup d'enfants.* »

— Et le dragon ? s'enquiert Colette.

— Il n'était pas mort. « *Des dentellières de Bruges ou du Puy lui avaient recousu le ventre, et il avait promis de devenir un bon dragon et de ne plus manger que de l'herbe. Maintenant il vit dans un grand jardin zoologique. Quand les enfants qui vont au jardin ne sont pas sages, leurs mamans les menacent de les faire manger par Cornefourche. Mais les enfants savent bien que le dragon ne les mangera pas. Alors ils lui montent sur le dos, lui tirent la queue et le chatouillent pour le faire rire. »*

— C'est fini ?
— Oui.
— Ah ! c'était bien. Tu en as écrit d'autres, des contes ?
— Non, pas encore, mais...

Mais la récréation s'achève, et il faut regagner la classe, où Mlle Bigoudi ne trouve rien de mieux à offrir à ses élèves, pour les égayer, qu'un lugubre problème de pourcentages, dans lequel un agriculteur – évidemment mal avisé – divise ses champs en surfaces inégales pour y faire pousser 21 % de blé, 12 % d'avoine, 43 % de seigle et 24 % de luzerne. Comme s'il n'aurait pas été plus simple de couper le tout en quatre parts égales !

Il est étrange de constater combien les personnages dans les livres d'arithmétique se compliquent l'existence d'une manière insensée. Ils n'ont jamais un poids entier de pommes de terre, ils divisent leurs héritages en portions inégales, ils ont des robinets qui coulent avec des débits différents, et lorsqu'ils prennent le train, ils éprouvent le besoin irrésistible d'en calculer la moyenne horaire, comme si cela pouvait servir à quelque chose de savoir que l'express Romorantin-Farfouilly fait 78 kilomètres à l'heure !

Ficelle envoie un « télégramme » à Françoise pour la supplier de lui fournir la solution du problème. Françoise y consent charitablement, afin d'épargner à son amie un de ces zéros dont son carnet de notes est déjà amplement approvisionné. L'esprit plus libre, Ficelle peut s'attaquer à un autre genre de problème, beaucoup plus amusant, auquel elle songe vaguement depuis plusieurs jours. L'idée est bonne, assurément, mais sa mise en pratique sera sans doute difficile. Il ne s'agit pas moins que de capturer le géant !

Non, ce ne sera pas une petite affaire, mais avec un peu d'ingéniosité, on devrait pouvoir y arriver. Reste à trouver comment. Elle passe en revue les différents pièges qu'elle a pu voir fonctionner dans les films de Tarzan. Il y a la cage de bambou, dans laquelle on peut enfermer des fauves ou des grands singes. Mais il est bien évident que le géant ne serait pas assez stupide pour aller s'y jeter de lui-même...

Il y a aussi les pièges souterrains, les trappes. On creuse une fosse dans la terre, que l'on recouvre de légers branchages et de feuilles. Quand un tigre, par exemple, vient poser la patte sur ce mince plancher, il tombe dans la fosse et ne peut plus en sortir. C'est un système admirable, mais Ficelle ne se sent pas le courage de remuer des mètres cubes de terre ! Alors ?

Alors, une idée fulgurante traverse soudain le cerveau de la grande fille, suggérée par la mésaventure au cours de laquelle elle s'est trouvée prisonnière d'un mince fil de cuivre.

— Un collet ! Voilà ce qu'il nous faut ! Que dis-je... dix, vingt collets que nous allons placer en lisière du bois ! Et quand le géant voudra pénétrer dans le Clos, couic ! il se fera prendre comme un lapin ! Ah ! voilà une idée vraiment géniale !

Elle rédige sur-le-champ trois télégrammes qu'elle communique discrètement à ses amies :

ALLONS PRENDRE LE GÉANT AVEC DES COLLETS.

À l'instant où les messages parviennent à leurs destinataires, la fin des cours sonne. Les quatre amies se retrouvent à la sortie, et Ficelle demande aussitôt :

— Alors, que dites-vous de mon idée ? C'est mirobolant, n'est-ce pas ?

Boulotte et Colette trouvent la chose amusante, mais Françoise hoche la tête d'un air peu convaincu.

— Il faudrait que le géant ne soit vraiment pas très malin, pour aller se prendre dans des bouts de fil. Et même en admettant qu'il soit pris, il aura vite fait de se dégager.

— Oui, mais tu oublies les gendarmes, qui le cueilleront au moment où il se débattra. Si, je suis sûre que tout va bien marcher. À condition qu'il vienne, évidemment. Voyons... à quelle heure les gendarmes vont-ils monter la garde ?

— À neuf heures, dit Colette.

— Bon. Nous allons tout de suite aller chez moi pour y préparer les collets, puis nous irons les mettre en place ce soir à huit heures et demie. C'est convenu ?

— Bon, entendu ! dit Françoise, mais je te parie un paquebot contre un caramel que ça va rater !

— Je tiens le pari !

Les quatre amies utilisent tout ce qu'elles peuvent trouver comme fil de cuivre, de fer, ou comme câble électrique. Elles emploient même de la cordelette, pour confectionner une douzaine de lacs dont le nœud coulant mesure cinquante centimètres de diamètre environ. Une demi-heure avant l'arrivée des gendarmes, elles se rendent en bordure du bois, où elles disposent leurs pièges sur le sol, aux endroits que Ficelle estime être sur le passage du géant. L'extrémité libre du fil est soigneusement attachée à un tronc d'arbre.

— Et maintenant, dit Ficelle en contemplant son travail d'un air satisfait, si notre homme vient par ici, il se mettra seul un fil à la patte ! Les gendarmes n'auront plus qu'à l'empaqueter et l'emmener en prison. Nous aurons le résultat demain matin. Vous verrez, ce sera une surprise !

En fait, la surprise ne sera pas du tout celle à laquelle Ficelle s'attend...

chapitre 12
La bombe

Assise sur la branche de son arbre, Fantômette balance une jambe dans le vide en se parlant à elle-même à voix basse.

— Le mystère est donc partiellement résolu. Nous savons à présent que la fameuse étoile que cherchait le bonhomme Brindejonc en creusant ses trous existe réellement : elle est gravée dans une dalle de la chapelle. Pourquoi ne l'a-t-il pas trouvée ? Parce qu'elle était dissimulée sous une couche de terre. J'ai maintenant en main tous les éléments de l'énigme. Mais il faut avouer que c'est tout de même assez obscur...

Elle sort d'une petite poche un papier sur lequel elle a recopié en entier le quatrain inscrit à la main sur la dernière page du missel. La clarté des étoiles est suffisante pour lui permettre de voir un texte qu'elle sait d'ailleurs par cœur :

*Quand le Géant apparaîtra
Et que l'étoile écrasera
Alors la porte s'ouvrira
Mille écus d'or on trouvera.*

— Évidemment, la première chose qui saute aux yeux, c'est qu'il est question de mille pièces d'or. Le vieux Brindejonc a lu cette espèce de prédiction dans le vieux livre, et il était persuadé qu'un jour il trouverait l'étoile ou le géant, et par conséquent les pièces. D'où provient ce trésor ? Vraisemblablement il devait faire partie des biens conservés dans la chapelle. À quelque époque de trouble, il aura été mis en sûreté dans une cachette. Et afin que ce secret ne soit pas perdu, la formule permettant de retrouver l'or a été inscrite sur le missel. Parfait, il ne reste plus qu'à découvrir par quel moyen on arrive jusqu'à l'or, et ce que le géant vient faire dans cette histoire...

Elle s'immobilise soudain, prête l'oreille et

regarde vers le bas. Un bruit de pas se fait entendre. Après quelques instants, deux ombres apparaissent, qui marchent d'un pas tranquille. Un sourire se dessine sur les lèvres de Fantômette.

« Bon, voilà le brave brigadier Pivoine et cet excellent gendarme Lilas qui font leur petite ronde nocturne. Voyons ce qu'ils racontent... »

Les deux hommes passent au pied de l'arbre en bavardant. Fantômette saisit au passage une phrase qui indique le thème de leur conversation :

— ... Moi, je pense que Châteauroux va monter en Ligue 1, parce qu'ils ont tout de même fait 3-0 contre Lorient...

Ils marchent jusqu'à l'extrémité du bois, font demi-tour et passent de nouveau devant l'arbre.

— ... Chamakh avait marqué le but, mais l'arbitre a déclaré qu'il était hors jeu, alors ça n'a pas compté...

Ils s'éloignent de nouveau. Au bas de l'arbre se produit un crissement. Quelqu'un a posé le pied sur une racine. Fantômette se penche. L'homme est là, accroupi, guettant les mouvements des deux représentants de la maréchaussée. Il s'assure qu'ils sont suffisamment éloignés et bondit hors du bois. Comme la veille, il prend la direction de la ferme. Fantômette serre les dents.

« La canaille ! Malgré mes avertissements, il recommence son mauvais coup d'hier ! Il va encore essayer de mettre le feu aux bâtiments ! »

Elle saute à terre et prend l'homme en filature, qui traverse rapidement le Clos. Il s'arrête devant la porte d'entrée de la ferme et se baisse. Une petite flamme rougeâtre jaillit.

« Bon, il recommence le truc de la cigarette dans la boîte d'allumettes. Heureusement que je veille ! »

Le saboteur se relève et s'enfuit en courant. Il passe à moins de trois mètres de Fantômette qui s'est dissimulée derrière un buisson. Elle le laisse s'éloigner, sachant où le retrouver. Devant elle, dans l'obscurité, luit un point rouge.

« C'est bien ce que je pensais, c'est encore la cigarette. »

Mais Fantômette se trompe. Ce n'est plus une cigarette mais une mèche, dont la flamme s'allonge brusquement et se transforme en un énorme éclair jaune accompagné d'un BANG !

assourdissant. L'explosion projette Fantômette à la renverse dans un nuage de fumée, la laissant à demi étourdie et étendue sur le sol !

Elle reste dix bonnes secondes inanimée, cherchant à reprendre ses esprits, les oreilles remplies d'un sifflement aigu, le regard troublé par des lueurs papillotantes. Elle se relève lentement, s'assurant qu'elle n'est pas blessée.

« Ma foi, je crois que je suis à peu près entière. Je me demande avec quoi il a fabriqué sa bombe. Sans doute une boîte de conserve bourrée de poudre de chasse. Décidément, je vais être obligée de l'enfermer dans un cabinet noir, ce vilain monsieur ! S'il continue de la sorte, il finira bien par tuer quelqu'un. Si je m'étais avancée un peu plus, j'étais pulvérisée ! »

Les fenêtres de la ferme s'allument, et les têtes des Legrand apparaissent. Lancés au pas de course, les gendarmes se rapprochent à toute allure.

« Ne restons pas ici, pense Fantômette, ils me demanderaient des explications qui seraient trop longues à leur fournir. »

Elle quitte le buisson et prend sa course vers le bois. Mais l'éclairage des fenêtres projette une lueur sur le Clos et les gendarmes l'aperçoivent. Il y a un long coup de sifflet, suivi d'une sommation :

— Halte ! Arrêtez ou nous tirons !

Fantômette fait la sourde oreille. Elle bondit, se baisse, se relève, court en zigzag. Le brigadier Pivoine ouvre le feu sur la mouvante silhouette qui s'estompe dans la nuit. Son pistolet claque trois fois, mais sans atteindre la cible mobile. Il ordonne :

— Gendarme Lilas, en avant ! Nous le tenons !

Ils se mettent à courir derrière Fantômette qui augmente son avance et atteint les arbres bien avant eux. Ils continuent néanmoins leur course, tirant de temps en temps une balle au jugé. Le brigadier arrive à la lisière un peu avant son collègue, fait trois pas dans le bois et pousse un cri en tombant en avant sur le nez !

Il vient de se prendre dans un des collets posés par les filles ! Il se met à jurer comme dix charretiers, en cherchant à se dépêtrer du piège inattendu. Son collègue doit abandonner la poursuite pour lui venir en aide. Il tire sur une jambe en empoignant un brodequin. Il tire, tire si fort que le brodequin lui reste dans la main et qu'il tombe à la renverse sur le dos.

Il se relève en pestant contre leur invisible ennemi nocturne, puis fait une nouvelle tentative pour libérer le brigadier de ses ficelles. Il ne réussit guère qu'à faire des nœuds avec ses bras, et à lui arracher la moitié de ses boutons. À force de patience et de ténacité (qualités primordiales dans la maréchaussée), il finit par libérer le brigadier Pivoine, mais celui-ci perd son képi qui roule dans l'herbe. Comme il a également laissé tomber sa lampe électrique dont l'ampoule s'est brisée, la récupération de l'objet apparaît assez compromise. Le gendarme tente de s'éclairer avec des allumettes, mais une légère brise s'est levée, qui les souffle aussitôt. Il doit se résigner à repartir sans son képi, ce qui porte un coup sensible à son prestige.

De retour à la ferme, les deux représentants de la loi font aux Legrand un compte rendu de leur poursuite (acharnée) et expliquent comment ils ont échappé à un piège (diabolique) tendu par le mystérieux saboteur. Puis ils évaluent les dégâts causés par la bombe, qui se limitent à une porte défoncée. Ils rédigent un rapport destiné à leurs supérieurs et se retirent avec la satisfaction du devoir accompli.

Pendant ce temps, au milieu du bois, Fantômette réfléchit. Retournera-t-elle dans la maison du saboteur pour lui donner un nouvel avertissement ? Non, ce serait inutile. L'homme est entêté, et décidé à atteindre son but : chasser les Legrand du Clos, pour être libre de s'emparer des mille écus d'or. Le mieux est de le gagner de vitesse. Découvrir le trésor avant lui, voilà ce qu'il faut faire ! Et pour y réussir, il faut élucider l'énigme inscrite dans le vieux missel. Fantômette prend une décision :

« Je me donne vingt-quatre heures pour résoudre le problème. Si demain soir au plus tard je n'ai pas en ma possession les mille écus d'or, je démissionne et je me fais bergère ! »

chapitre 13

Dans la crypte

Une animation inhabituelle règne au Clos des Fougères. La voiture est dans la cour, portes et coffres ouverts, et M. Legrand s'occupe activement d'y charger des valises que son épouse lui apporte. Colette transporte divers paquets et des vêtements, qu'elle entasse sur les sièges. Les volets de la ferme sont déjà clos. Le petit matériel de jardinage est remisé dans le hangar. M. Legrand soulève le capot de l'automobile et vérifie son niveau d'huile.

Les détails de cette activité s'inscrivent dans un cercle entouré de noir : le champ visuel d'une paire de jumelles d'aviation que tient Fantômette. Elle est perchée sur son arbre favori, et observe depuis un long moment le remue-ménage qui se fait dans la cour de la ferme. Elle murmure :

— Ils partent, évidemment. Ils estiment qu'après les coups de fusil et l'explosion de la bombe, leur vie est en danger, et ils n'ont pas tort. Le séjour au Clos, malgré la présence des gendarmes, est devenu dangereux. Je vais avoir le champ libre pour faire mes petites recherches.

Elle passe la courroie des jumelles autour de son cou et descend lestement de l'arbre. Elle sort du bois, s'approche des ruines en regardant autour d'elle. Le soleil brille déjà haut dans le ciel, en cette belle matinée du dimanche. Il est un peu plus de neuf heures. À l'autre bout de la propriété s'élève le ronflement de l'automobile : les Legrand quittent le Clos.

Fantômette est seule dans le terrain désert. Aucune silhouette en vue, ni celle des gendarmes, ni celle du géant. Elle entre dans le rectangle délimité par les quatre murs en ruine, puis tire de trois ou quatre mètres la brouette qui se trouve toujours dans un angle, découvrant la dalle où est gravée l'étoile à cinq branches.

Elle analyse mentalement les termes de l'énigme, tout en examinant l'étoile.

*Quand le Géant apparaîtra
Et que l'étoile écrasera*

« Pourquoi le géant doit-il écraser cette étoile ? Sans doute pour faire ouvrir la porte qui donne accès aux pièces d'or. Mais où est-elle, cette porte ? Et pourquoi faut-il que ce soit un géant plutôt qu'un homme de taille normale ? Quelle différence y a-t-il entre un géant et... moi, par exemple ? Une différence de taille... »

Elle se baisse, palpe l'étoile dessinée en creux par le ciseau du sculpteur.

« Aucun bouton sur lequel on appuierait... aucun mécanisme... D'ailleurs, si un ressort commandait l'ouverture d'une porte, il y a belle lurette qu'il serait rouillé... »

La jeune fille masquée se met à marcher de long en large, les mains derrière le dos, concentrant sa pensée.

« Si je n'ai pas trouvé la solution dans cinq minutes... »

Elle s'assoit sur une pierre, le menton posé dans le creux des mains, plongée dans ses réflexions. Trente secondes plus tard, elle se lève.

« Suis-je bête ! Ce qui différencie un géant d'un homme normal, ce n'est pas seulement la taille, c'est aussi le poids. Un géant pèse plus lourd ! Et lorsqu'il écrase l'étoile, lorsqu'il pose le pied dessus, il exerce une pression plus forte ! Comment n'y ai-je pas pensé plus tôt ?... Voyons... quel peut bien être le poids d'un grand gaillard ?... Cent dix, cent vingt kilos. Bien. Que reste-t-il à faire ? Mettre sur l'étoile un poids de cent vingt kilos. C'est enfantin ! »

Elle pousse la brouette de manière à en faire reposer la roue sur l'étoile, puis entreprend de la charger avec les nombreuses pierres qui jonchent encore le sol. Après sept ou huit minutes d'efforts, celle-ci se trouve pleine. Mais c'est insuffisant. Fantômette entasse contre la brouette un monticule de pierres et de cailloux, puis s'arrête pendant un moment pour reprendre haleine.

« Ouf ! Qu'est-ce que ça peut peser ? Une centaine de kilos ? Je vais monter sur le tas, voir ce qui se passe. »

Elle pose le pied sur l'extrémité de la dalle où se trouve la brouette.

« Rien !... Il ne se passe rien. »

Elle se baisse et examine soigneusement les jointures de la dalle. Elle étouffe une exclamation :

« Mais si ! Mais si, il se passe quelque chose ! »

Avec un frémissement de joie, elle constate que la dalle a légèrement bougé. Elle n'est plus tout à fait horizontale. Fiévreusement, Fantômette empile encore quelques pierres, puis saute à pieds joints sur le tas. Il se produit alors un bruit de frottement, et la dalle tout entière bascule en s'enfonçant dans le sol comme une trappe ! Les cailloux, la brouette et Fantômette elle-même glissent le long de la pente dans un trou noir : l'ouverture d'une chambre souterraine !

L'amoncellement cesse alors de peser sur l'extrémité de la dalle qui est en déséquilibre, comme ces balançoires faites d'une planche posée sur un tronc d'arbre abattu, et le bloc rectangulaire remonte en reprenant sa position primitive.

La chercheuse de trésor se retrouve dans le noir, à quatre pattes sur un sol dur, écorchée par la chute et meurtrie par la dégringolade des pierres. Elle regarde autour d'elle pour essayer de distinguer en quel lieu elle se trouve, mais l'obscurité est complète. Elle se relève, fait quelques pas à l'aveuglette en tendant les mains devant elle, et se heurte à une paroi rude et froide. Elle longe cette paroi, rencontre un angle, puis une autre paroi, et fait ainsi le tour d'une pièce sensiblement carrée. Alors, elle s'assoit par terre et réfléchit.

« Je suis dans ce que l'on appelle une crypte. Une pièce creusée dans le sous-sol de la chapelle. Me voilà entre quatre murs et sous une dalle de bonne épaisseur en pierre de taille, dans une atmosphère qui sent vaguement le moisi. Évidemment, si personne n'est venu ici depuis quelques siècles, il ne faut pas s'étonner que ça sente le renfermé. En ce qui me concerne, je ne veux pas rester coincée entre ces quatre murs pendant trop longtemps. Débrouillons-nous pour trouver la sortie... »

Elle étend la main vers le haut, mais ne peut atteindre le plafond. En tâtonnant, elle retrouve la brouette sur laquelle elle grimpe. Elle se redresse, s'allonge sur la pointe des pieds et lève les bras. Elle arrive à toucher la partie supérieure de la pièce, mais elle réalise qu'elle n'a aucun moyen de faire mouvoir la dalle. Le bloc massif n'a basculé que parce qu'on a pesé sur son extrémité avec une force de cent cinquante kilos.

Fantômette est dans l'impossibilité de recommencer cette opération. Elle se rend compte – trop tard ! – qu'elle a agi imprudemment en mettant en route un dispositif inconnu, sans savoir ce qui va advenir. Elle essaie de concentrer sa pensée, de lutter contre une sourde angoisse qui commence à lui nouer la gorge, à lui contracter l'estomac.

« Voyons... Essayons de raisonner. Quelqu'un va venir à mon secours... Mais qui ? Les Legrand sont partis, les gendarmes ne viennent pas dans la journée. Le Clos est désert... »

Elle fait l'essai de crier, de frapper contre un mur avec un caillou, mais l'énorme épaisseur du plafond étouffe tout bruit. Elle se laisse tomber à terre, essayant de chasser l'épouvantable pensée qui lui vient à l'esprit. Même si par hasard quelqu'un se promène dans les ruines, cela ne lui serait d'aucun secours, puisque personne ne connaît l'existence de la crypte. Elle frissonne :

« Eh bien, me voilà dans de jolis draps ! Si encore j'étais enfermée dans une cabine téléphonique ou dans un ascenseur, on aurait vite fait de me délivrer. Mais non, il a fallu que je choisisse une chambre secrète parfaitement inconnue. Ah ! on m'y reprendra ! La prochaine fois... »

Une sueur froide coule sur ses tempes : il n'y aura plus jamais de prochaine fois ! Les aventures de Fantômette vont prendre fin, définitivement...

L'homme se glisse hors du bois et s'approche des ruines. Il est là depuis le début de la matinée. Il a assisté, de loin, aux préparatifs des Legrand et à leur départ. Puis il a vu Fantômette entrer dans les ruines, fureter, réfléchir et empiler les pierres dans la brouette. Il a observé le basculement de la dalle et la disparition de la jeune fille sous terre.

Maintenant, la propriété est déserte. Il va pouvoir enfin mettre la main sur le trésor. Il traverse le Clos d'un pas tranquille, entre sous le petit hangar attenant à la ferme, décroche un rouleau de corde qui est suspendu à un clou, prend une caisse à fleurs vide, et revient sur ses pas pour s'avancer au milieu des ruines. Il dépose la caisse sur la dalle à l'étoile, et l'entoure d'un tour de corde. Une extrémité de cette corde est attachée à la base d'un solide arbuste.

Ensuite, il commence à remplir la caisse avec des pierres. Il agit vite, mais méthodiquement. Au bout de cinq minutes à peine, la caisse est remplie de pierres, et sous son poids, la dalle s'enfonce. Mais, contrairement à ce qui s'est produit pour la brouette, la caisse ne glisse pas sur la pente, car la corde la retient comme une amarre. L'homme se penche, examine l'ouverture noire qui vient de s'ouvrir dans le sol. La crypte est si sombre qu'il ne peut rien voir de ce qui s'y trouve. Il jette un coup d'œil circulaire, s'assurant que le Clos est toujours désert, puis se glisse avec précaution dans la crypte.

Lorsque ses yeux se sont habitués à la pénombre, il voit à ses pieds la brouette qui gît, renversée parmi les pierres. Un peu plus loin, Fantômette est allongée, inanimée.

L'homme ricane et grogne :

— Bonne affaire ! Celle-là ne risque plus de venir me prendre le trésor sous le nez ! Ha, ha ! Bon débarras !

Il fait deux pas en avant et s'arrête net. Dans un angle, il vient d'apercevoir un pot de terre cuite, de forme allongée comme une amphore, mais démuni d'anse. À la base du récipient, éparses sur le sol, cinq ou six pièces jaunes luisent dans la demi-obscurité. Il pousse un cri :

— Tonnerre ! Le trésor ! Les mille écus d'or sont dans le pot !

Il se précipite, tombe à genoux, ramasse les pièces qu'il palpe et soupèse, qu'il embrasse en s'écriant :

— De l'or ! De l'or ! Des écus ! J'ai réussi ! À moi la fortune !

Fébrilement, il soulève le vase et essaie d'en ôter le bouchon d'argile cuite, mais son énervement est tel qu'il ne peut y parvenir. Alors il brandit le récipient au-dessus de sa tête, et, de toutes ses forces, le projette sur le sol. Le pot éclate en cent morceaux qui voltigent à travers la crypte, avec un fracas auquel se mêle un cri de surprise : à l'endroit où le vase s'est brisé, un monceau d'or aurait dû apparaître. Mais il n'y a rien.

Le vase est vide !

L'homme reste une seconde hébété, cherchant à comprendre. Il se produit alors le bruit d'une chose qui glisse, puis un vacarme de cailloux dégringolant dans la crypte au milieu d'un nuage de poussière. Le rectangle de lumière qui se découpe dans le plafond se rétrécit subitement, devient une mince fente et disparaît. La dalle vient de reprendre sa place !

L'homme pousse un hurlement de terreur. Il comprend subitement que Fantômette n'est pas morte, ni même évanouie. Elle s'est relevée silencieusement derrière son dos, a remonté la pente qu'offre la dalle, est sortie de la crypte et a coupé la corde retenant la caisse lestée. Et cette caisse a glissé dans l'ouverture, libérant la dalle de son poids.

Il devient prisonnier à son tour ! Affolé, il se met à tourner en rond, à heurter les parois, à trébucher dans les pierres, contre la caisse ou la brouette en criant :

— Ouvrez-moi ! Je ne veux pas rester enfermé ! Vous garderez tout le trésor, mais laissez-moi sortir !

Et il martèle vainement de ses poings fermés les murailles lisses et froides. Il appelle au secours pendant un quart d'heure. Puis, couvert de sueur, exténué, il se laisse choir sur le sol, prend sa tête entre ses mains et attend.

Pendant ce temps, Fantômette ne reste pas inactive. Une fois sortie de la crypte, elle traverse le Clos et ne s'arrête qu'au milieu de la cour de la ferme. Elle tient à la main son bonnet qui s'arrondit sous le poids de ce qu'il contient. Elle regarde autour d'elle, examinant les bâtiments de la ferme, les murs de la clôture et la barrière du potager. Son regard est attiré par un vieil arrosoir de tôle verte, dépourvu de pomme, qui gît contre le hangar. Les multiples trous qui ornent son antique carcasse l'ont depuis longtemps rendu hors d'usage.

Un sourire se dessine sur le visage de Fantômette. Elle murmure :

— Ce vénérable arrosoir fera l'affaire. C'est un récipient anodin, discret... c'est la cachette idéale.

Elle s'approche de l'arrosoir, jette un coup d'œil circulaire pour s'assurer qu'elle est seule, et y transvase le contenu du bonnet.

chapitre 14
Le trésor

1er, 2e, 3e, 4e, 5e étage.

L'ascenseur s'arrête. Les Legrand en sortent, posent leurs valises sur le palier, et M. Legrand fouille dans sa poche pour en extirper ses clefs. Sa femme pousse un soupir de satisfaction :

— Eh bien, nous voilà de retour chez nous ! Je serai plus tranquille ici que dans cette ferme où nous recevions des coups de fusil !

En revanche, Colette fait grise mine : elle préférait le séjour du Clos. M. Legrand introduit la clef dans la serrure, lorsque, à travers la porte, on entend le bruit d'une sonnerie.

— C'est le téléphone ! s'écrie Mme Legrand, vite ! Dépêche-toi d'ouvrir !

La porte est ouverte, et c'est une ruée sur l'appareil.

Malgré la raideur qu'il ressent encore dans sa jambe, M. Legrand l'atteint le premier. Il décroche le récepteur, dit « Allô ! » et écoute. Une expression de surprise se peint sur son visage. Il demande deux ou trois fois :

— Vous êtes bien certaine de ce que vous dites ?

Puis il ordonne :

— Attendez-nous, nous arrivons tout de suite !

— Que se passe-t-il donc ? demande Mme Legrand.

— Il se passe... une chose étonnante ! C'est la fameuse Fantômette qui nous téléphone pour nous dire qu'elle a enfermé le géant dans une espèce de cave. Elle demande ce qu'il faut en faire. Nous allons retourner là-bas immédiatement. Il paraît que Françoise est également au courant de l'affaire.

— Mais... et le déjeuner ?

— On achètera un paquet de biscuits en route. Vite, redescendons !

La famille Legrand dégringole les cinq étages, pendant que Colette bat des mains, toute heureuse de retourner à la ferme. On remonte dans la voiture qui reprend la route de Framboisy.

En chemin, mille suppositions sont faites sur la manière employée par Fantômette pour capturer le géant.

— Comment diable s'y est-elle prise, dit M. Legrand, et de quelle cave s'agit-il ? Il n'y en a pas dans la ferme. Enfin, nous allons bientôt savoir ce qui s'est passé.

La voiture reprend la direction de la ferme, dont elle franchit bientôt l'entrée. Françoise est là, en compagnie de Boulotte et de Ficelle dont elle a interrompu le déjeuner, pour les faire venir au Clos. Boulotte a eu la présence d'esprit d'emporter un cake dans lequel elle mord à belles dents.

M. Legrand descend promptement de voiture et se précipite vers Françoise en demandant :

— Eh bien, ce géant, où est-il donc fourré ?

Françoise se met à rire :

— Attendez, monsieur. Pas si vite ! Je vous demande un peu de patience. Mais d'abord, avez-vous déjeuné ?

— Non, pas encore. Nous avons fait demi-tour juste après un coup de téléphone que nous avons reçu.

— Bon. Nous prendrons donc ce déjeuner après que je vous aurai raconté ma petite histoire.

— Ah ? vous avez donc une histoire à nous raconter ? Nous vous écoutons.

— Pas ici. Je tiens à ce que mon récit se fasse dans un cadre approprié, et je vous propose de me suivre dans les ruines de la vieille chapelle.

M. Legrand lève un sourcil, un peu étonné, mais il accepte. Le petit groupe se met en marche à travers le Clos. Il est près de midi. La chaleur du soleil est tempérée par une brise rafraîchissante.

— C'est étrange, dit M. Legrand en s'adressant à Françoise, mais lorsque Fantômette m'a appelé au téléphone, j'ai cru que c'était vous qui parliez. Vous avez la même voix qu'elle.

— C'est possible, répond Françoise en riant, c'est bien possible.

On atteint les ruines, et, d'un geste circulaire, Françoise désigne les blocs de pierre arrachés aux murs en proposant :

— Veuillez prendre place sur ces sièges assez primitifs, mais qui seront fort commodes pour écouter mon petit laïus.

Le ménage Legrand s'assoit, ainsi que les trois autres filles. Françoise cueille une marguerite, et fait de même.

Elle paraît réfléchir un instant, comme si elle méditait sur les phrases qu'elle va prononcer, et commence ainsi :

— Le 14 juillet 1789...

— Prise de la Bastille ! s'écrie Ficelle[1].

— Oui, en effet. À cette date éclate la Révolution, qui s'accompagne d'une guerre contre l'étranger. Partout en France, on craint les troubles, les destructions. Ceux qui ont quelque argent cherchent des cachettes pour le dissimuler. L'un creuse un trou dans son jardin ; l'autre met ses louis dans un bas de laine qu'il fourre dans son matelas ; un autre le dissimule dans un grenier, une cave ou une cheminée. L'abbé du Clos des Fougères a pour mission de mettre à l'abri mille écus d'or. Peut-être est-ce une partie des biens de la chapelle, peut-être est-ce une somme qu'il garde en dépôt ? Je l'ignore et on ne le saura sans doute jamais. Quoi qu'il en soit, il réussit à dissimuler le trésor avec une telle habileté que la cachette ne risque pas d'être découverte. Il

---

1. La seule date qu'elle ait apprise par cœur !

faut néanmoins que ce secret ne se perde pas, qu'il soit transmis à ceux à qui l'or doit revenir, quoi qu'il arrive. Alors, l'abbé prend son missel et inscrit sur la dernière page un poème qui est une sorte de formule, une clef permettant d'ouvrir la cachette. Ce poème, je vais vous le lire.

Françoise se penche, et soulève une pierre plate sous laquelle se trouve le missel recouvert de cuir noir.

M. Legrand demande :

— N'est-ce pas là le livre dont m'avait parlé le notaire, et qui a été volé dans le coffre du grenier ?

— C'est bien lui, en effet.

— Mais comment est-il arrivé entre vos mains ?

— Patience, tout ceci s'expliquera. Voici d'abord le quatrain :

Quand le Géant apparaîtra
Et que l'étoile écrasera
Alors la porte s'ouvrira
Mille écus d'or on trouvera.

— Vous voyez que la formule, à première vue, est assez obscure. Si obscure, d'ailleurs, que personne ne parvint à la déchiffrer, ou même n'essaya. La chapelle fut détruite non pas pendant la Révolution, mais pendant la guerre de 1870. Qu'est devenu le livre ? Il est resté sur place, puisque le dernier propriétaire, le père Brindejonc, le découvre un jour dans une vieille malle. Il tente de résoudre l'énigme, il cherche partout cette étoile qui doit lui rapporter mille écus d'or, et grogne : « Vous verrez quand j'aurai trouvé l'étoile, il y aura du changement ! » Ce changement, c'est la fortune qu'il espère obtenir un jour. Alors il creuse des trous dans le Clos, au hasard, d'une manière tout à fait irraisonnée. Et ce manque de méthode l'empêche d'atteindre le but. Il meurt sans avoir trouvé le trésor. Alors, M. Legrand achète le Clos des Fougères pour y installer son camp de vacances. Au cours d'une visite qu'il a faite en compagnie du notaire, celui-ci fait allusion à l'existence du missel. Les deux hommes sont alors dans les ruines, à l'endroit même où nous nous situons en ce moment. Ils croient être seuls, mais ils ne le sont pas. Derrière un des murs se trouve un autre homme, qui s'est allongé là pour y dormir ou regarder passer les nuages. Il entend la conversation et apprend ainsi qu'il est question d'une étoile dans le vieux livre. Est-ce donc l'étoile que cherchait le père Brindejonc ? Il veut s'en assurer. Il achète une pince-monseigneur, une lampe électrique, et, dès que la nuit est venue, il fracture le coffre et s'empare du livre. Il prend connaissance de la prophétie, et son émotion est grande en apprenant que la découverte des mille pièces d'or correspond à l'apparition d'un géant. Or, il vient d'apercevoir le nouveau propriétaire du Clos : c'est un géant !

M. Legrand proteste en riant :

— Je ne suis pas un géant, voyons ! Il y a des hommes bien plus grands que moi.

— C'est exact, mais comme il vous a vu à côté du notaire qui est un tout petit bonhomme, vous paraissiez immense. Et cela a fortement impressionné notre individu. Ainsi donc, il apprend deux choses en même temps : il y a mille pièces d'or quelque part dans le Clos des Fougères, et ce trésor va être découvert par un géant, qui ne peut être évidemment que le nouveau propriétaire. Alors, que faire ? Notre homme se sent capable de résoudre l'énigme à condition d'avoir le champ libre, de pouvoir poursuivre les recherches entreprises par le vieux Brindejonc. Il faut pouvoir aller, venir, fouiller, chercher, creuser sans être dérangé. Donc, la famille Legrand doit décamper.

Françoise marque une pause en cueillant une fleur. Son auditoire est attentif. Ficelle fourrage avec ses doigts dans la petite meule de paille qui lui tient lieu de chevelure. Boulotte, qui a terminé son cake, enlève le papier transparent qui protège un bâton de nougat. Les autres ouvrent toutes grandes leurs oreilles. Françoise reprend :

— Il s'agit de faire peur aux nouveaux occupants de la ferme. Comment ? En se déguisant en géant.

— Mais pourquoi en géant ? demande Mme Legrand.

— Parce que c'est devenu une idée fixe chez notre homme. Dans son esprit, c'est un géant qui doit découvrir le trésor, donc il est indispensable qu'il en soit un lui-même. Il a un peu la mentalité superstitieuse de la campagne, et croit qu'il faut respecter les termes de la prophétie. Il pense aussi, et là il n'a pas tort, que pour inspirer la crainte il faut avoir un aspect effrayant.

— Alors, s'écrie Ficelle, il fait monter un

autre individu sur ses épaules, comme les clowns !

— C'est presque cela. Il met sur ses épaules non pas un homme, mais une espèce de mannequin, que j'ai trouvé dans la maisonnette rouge où il habite, enfermé dans une armoire en compagnie du missel. Je vais vous le montrer.

Françoise se lève, contourne un des murs et reparaît en tenant une sorte de grosse poupée faite de fil de fer et de chiffons, mais réduite à un tronc, une tête et deux bras, dont elle se coiffe. Les filles se mettent à rire et Colette observe :

— Ça me rappelle les bonshommes du carnaval de Nice, qui se promènent avec une grosse tête en carton !

— C'est le même principe, dit Françoise en enlevant l'encombrant épouvantail.

Elle poursuit son récit :

— L'homme se transforme donc en géant, et il hurle dans un tuyau de poêle qui déforme et amplifie sa voix. Mais les Legrand restent en place et les travaux commencent. Goupil et Baratini, en nettoyant la chapelle et en enlevant la terre qui recouvre les dalles, mettent au jour une étoile gravée dans la pierre. Le trésor est là, à quelques pieds sous terre, mais les Legrand sont là aussi. Que faire pour les effrayer ? Des attentats. Le faux géant tire des coups de fusil, tente de mettre le feu à la ferme, malgré la surveillance exercée par les gendarmes et les pièges posés par un certain club de jeunes détectives dont Ficelle est la présidente. Ces pièges n'ont d'ailleurs aucun effet sur le géant, mais causent bien des ennuis au brigadier Pivoine et au gendarme Lilas. Les propriétaires vont-ils partir maintenant ? Le dernier exploit de notre homme est spectaculaire : il fait exploser une bombe de sa fabrication. Cette fois-ci, les Legrand commencent à craindre pour leur vie. Ils partent, le tour est joué. Il ne reste plus qu'à mettre la main sur le trésor. Seulement, Fantômette est là, et son affaire échoue.

— Mais alors, demande Ficelle, Fantômette se serait occupée de toute cette histoire de trésor ?

— Oui, d'un bout à l'autre. Elle est au courant de tout. Comme toujours, d'ailleurs.

— Et c'est elle qui t'a mise au courant ?

Françoise n'a pas le temps de répondre ; M. Legrand demande :

— Mais, dites-moi, quel est donc cet homme qui nous menaçait ?

— Attendez. Laissez-moi d'abord vous montrer comment on accède à la cachette du trésor. Venez voir.

Elle marche jusqu'à l'angle de la chapelle où se trouve la dalle et pointe son index vers le sol.

— Voici la fameuse étoile que cherchait le père Brindejonc. Selon la prédiction, lorsque le géant écrasera l'étoile, la porte s'ouvrira. En fait il ne s'agit pas d'une porte, mais d'une sorte de trappe. Monsieur Legrand, voulez-vous venir poser vos pieds juste sur l'étoile ? Retenez-vous à cette corde que j'ai attachée à un arbuste, sans quoi vous pourriez glisser.

Assez étonné, M. Legrand obéit. Sous les regards stupéfaits de l'assistance, la dalle s'enfonce lentement dans le sol. Son basculement est salué par un concert de cris et d'exclamations !

Françoise cale le bloc de pierre avec une pièce de bois qu'elle a apportée à cet effet, et dit :

— Vous pouvez quitter la dalle ; elle va rester inclinée. Vous comprenez maintenant pourquoi il est question de géant dans le quatrain ?

Nous pouvons imaginer qu'à l'époque où les pièces d'or furent cachées, le bedeau de la chapelle, par exemple, était un géant. En se plaçant sur l'étoile, en l'écrasant sous son poids, il ouvrait à volonté la trappe secrète.

— Mais, objecte M. Legrand, comment se peut-il que depuis des siècles personne n'ait posé le pied à cet endroit ? Il aurait suffi, pour faire bouger la pierre, de deux personnes de poids normal au lieu d'une seule très lourde.

— Oui, mais la pierre est assez étroite, et ne représente guère que la largeur d'un seul homme. Quoi qu'il en soit, il aurait fallu pour que cela arrive un hasard qui ne s'est pas produit. Il est des choses très simples que l'on met parfois bien longtemps à découvrir. Tenez, on a mis des siècles avant d'inventer une chose aussi élémentaire que le bouton et la boutonnière ! Il en est de même ici. À aucun moment, depuis l'époque où le trésor a été caché, la pierre n'a reçu une charge suffisante pour basculer.

L'assistance fait cercle autour de la dalle, avec cette émotion que donne la découverte d'une chose à la fois très ancienne et très étrange. M. Legrand murmure :

— Ainsi donc, depuis près de deux siècles,

personne n'a pénétré dans cette crypte. Car c'en est une, je suppose ?

— C'est une crypte, en effet, dit Françoise. Mais quant à dire que personne n'y a pénétré... regardez !

Il y a des exclamations de surprise, un mouvement de recul. Dans l'ouverture noire, une tête hirsute vient d'apparaître. Un visage mal rasé, deux yeux qui clignent sous l'effet de la lumière. Une voix grogne :

— Alors, on peut sortir ? Ben, c'est pas trop tôt !

— Tonnerre ! s'écrie M. Legrand, mais c'est Goupil !

— Eh oui ! c'est Goupil. C'est lui qui se trouvait par hasard derrière le mur lorsque le notaire vous parlait du missel. C'est lui qui est allé le dérober dans le coffre, qui a fabriqué le mannequin, qui a crié dans le tuyau de poêle. C'est lui qui a tiré des coups de feu et fait sauter la bombe.

— Mais, objecte M. Legrand, il a lui-même reçu un coup de fusil ! Son chapeau était criblé de plomb.

— Comédie ! Mise en scène ! Il a tout simplement posé son chapeau à terre et tiré dessus. Puis il est accouru en racontant que le géant l'avait mitraillé. Ainsi, il passait lui-même pour une victime.

— Je comprends maintenant pourquoi il insistait pour me faire prendre du repos et rester à la ferme assis dans un fauteuil. Il ne voulait pas que je risque de voir ce qu'il faisait. Mais comment diable Fantômette a-t-elle fait pour l'enfermer là-dedans ?

— Elle a deviné comment fonctionnait la dalle et est entrée dans la crypte, mais elle n'a pas pris la précaution d'attacher la brouette qui servait de poids, et elle s'est enfermée elle-même dans ce trou. Elle y est restée un bon moment... si l'on peut dire, car ce ne fut pas un moment très agréable, paraît-il. Mais ce cher Goupil l'a vue manœuvrer de loin, et il est venu rouvrir la trappe.

— Ah ! il l'a délivrée !

— Pas du tout ! Il avait l'intention de la laisser moisir dans cette crypte, mais comme elle n'était pas d'accord, elle est sortie derrière son dos et l'a enfermé à son tour.

M. Legrand serre les poings :

— Comment, il voulait laisser Fantômette périr là ?

— Oui. Cela lui permettait de garder le trésor pour lui tout seul.

— Le misérable ! Je vais téléphoner à la gendarmerie immédiatement !

Françoise secoue la tête.

— Non, inutile. Il est devenu parfaitement inoffensif par le fait qu'il n'a plus à batailler pour s'emparer du trésor, et il se trouve suffisamment puni par le petit séjour qu'il vient de faire dans ce trou. Croyez-moi, nous pouvons le laisser aller. Ce sera un bon débarras.

Goupil sort du trou, les yeux effarés, assez mal à son aise. Il a l'air d'une bête traquée, et s'attend à voir surgir l'uniforme des gendarmes. M. Legrand l'empoigne par le revers de son veston, le secoue et menace :

— Si je vous retrouve en train de rôder dans le Clos, je vous aplatis comme une descente de lit. Maintenant, filez !

Quand Goupil voit qu'on le laisse libre de partir, il pivote sur ses talons et prend ses jambes à son cou en direction du bois, avec l'agilité d'un lièvre qui s'entraîne pour le 100 m plat.

Cependant, les filles se sont rapprochées de l'ouverture et cherchent à distinguer ce qu'il y a à l'intérieur de la crypte.

— C'est donc Fantômette qui a découvert

le trésor ? demande Colette. Où est-il ? Je ne le vois pas !

Françoise se met à rire. Elle saute dans l'ouverture en disant :

— Venez, je vais vous révéler son emplacement. Faites attention aux cailloux, à la caisse et à la brouette.

M. Legrand entre à sa suite, puis aide les filles et sa femme à pénétrer dans la crypte. Françoise explique :

— Le trésor se trouvait dans ce pot dont vous voyez les débris. Goupil l'a brisé en petits morceaux pour voir ce qu'il contenait. À côté du pot se trouvaient quelques pièces d'or. Je ne les vois plus. Je suppose que Goupil les aura empochées. Il ne perd pas tout dans l'aventure...

— Mais le contenu du pot, où est-il ? demande M. Legrand.

— Oui, dit Colette, tu nous as dit que tu nous montrerais le trésor ?

— Je n'ai pas dit cela. Je voulais simplement vous montrer son emplacement. Les mille écus d'or ne sont plus ici. Fantômette les a mis ailleurs.

— Ah ! Où sont-ils, alors ?

— Remontons.

Ils sortent tous de la crypte et referment la dalle.

— Venez, ordonne Françoise, retournons dans la cour de la ferme.

Ils traversent le Clos avec impatience, et c'est un amusant spectacle de voir les amies de Françoise gambader autour d'elle en criant : « Le trésor ! le trésor ! » sur l'air des lampions. On arrive dans la cour, et Françoise dit :

— Je ne veux pas vous faire languir plus longtemps. Vous allez assister à un spectacle unique au monde.

Elle prend dans un coin le vieil arrosoir toujours dépourvu de pomme, le soulève à deux mains et l'incline.

Une coulée de pièces d'or s'échappe du goulot, une pluie de disques jaunes qui rebondissent, roulent, s'éparpillent sur la terre en cliquetant d'un son clair, en lançant mille éclats au soleil, salués par des cris d'enthousiasme. Ce sont des « Oh ! » et des « Ah ! », des exclamations joyeuses et des rires. Ce n'est certes pas tous les jours que l'on voit couler l'or à flots ! Les cris joyeux fusent durant un bon quart d'heure.

— Il va falloir, dit Mme Legrand en souriant, trouver un récipient plus digne que cet arrosoir...

— Oui, approuve Ficelle, il vaudrait mieux un vrai coffre de pirates.

— Remettons provisoirement ces pièces dans l'arrosoir, dit M. Legrand. Il faut que nous retrouvions Fantômette. C'est elle qui a découvert ce trésor. Il doit lui revenir.

— Pas du tout ! Il est dans votre propriété. Il est à vous. Vous allez pouvoir vous en servir pour commencer en grand les travaux de votre camp de vacances. Et peut-être même faire creuser la piscine dont vous rêviez.

M. Legrand se frappe soudain le front. Il s'écrie :

— Mais c'est vrai, sapristi ! Je vais pouvoir faire une piscine !

— Avec un tremplin ? demande Colette.

— Et un toboggan ? dit Ficelle.

— Mais oui ! On va organiser un camp de vacances splendide, avec des installations ultramodernes, et le gymnase, et le terrain de sport !

Si sa cheville n'était pas encore ankylosée, il aurait fait des bonds sur place. Il s'écrie :

— Je vais pouvoir réaliser tous mes projets. Il faut que nous fêtions cette découverte. Je vous emmène toutes au restaurant. Nous ferons un déjeuner au champagne !

— Quelle bonne idée ! s'exclame Boulotte, j'ai l'estomac dans les semelles !

— Mais, dit Ficelle, tu n'as pas cessé de manger depuis ce matin !

— Ce n'est pas une raison. D'ailleurs, pour bien se porter, on doit appliquer à la lettre le bon précepte donné par Molière dans *L'Avare* : « *Il faut vivre pour manger et non pas manger pour vivre.* »

— Mais non, tu te trompes. C'est le contraire !

Boulotte est bien en peine de répliquer quoi que ce soit : elle vient d'enfourner dans sa bouche grande ouverte une barre géante de chocolat au lait !

chapitre 15
Épilogue

Trois mois ont passé, et le Clos des Fougères est devenu méconnaissable. Ce n'est plus une lande aride et nue, mais une surface aplanie par le va-et-vient des bulldozers. Il est maintenant divisé en deux parties. L'une, couverte de sable fin et blond, est un terrain de sport bordé par une piste en cendrée pour les courses à pied. L'autre est revêtue d'un beau gazon vert que des tourniquets arrosent sans cesse. Ce sera un terrain où l'on pourra jouer au ballon ou planter la tente de camping. Il est jalonné d'un long bâtiment blanc qui contient un gymnase, un réfectoire et une salle de jeux. Entre les deux terrains, la piscine est en construction. Le bassin est déjà creusé et le carrelage bleu azur est posé. Des ouvriers sont en train d'installer le plongeoir, à côté duquel s'élève un grand toboggan rouge en forme d'S.

Colette, Françoise, Boulotte et Ficelle contemplent ces aménagements avec ravissement. Ficelle surtout est enthousiasmée par le toboggan. Elle déclare :

— J'ai une terrible envie d'essayer ce machin. Je voudrais bien y glisser un peu... J'en ai des démangeaisons dans les doigts de pied !

— Si tu veux, dit Françoise en souriant, tu peux toujours faire un petit essai.

— Ah ! mais non ! J'attendrai d'abord qu'il y ait de l'eau dans la piscine !

Puis elles font le tour de la propriété en bavardant. Colette lance :

— Savez-vous que l'inauguration officielle doit avoir lieu à la fin du mois prochain ?

— Avec Monsieur le maire ? s'enquiert Ficelle.

— Oui. Et le ministre des Sports, avec des tas de discours et tout et tout. Nous aurons nos places dans la tribune d'honneur, c'est papa qui l'a dit. Et il paraît que Mlle Bigoudi va nous faire apprendre un chant choral pour la cérémonie, et que les élèves des petites classes vont danser des rondes. Ce sera joli à regarder... Il y aura aussi l'Amicale des boulistes de Framboisy, le Club athlétique et la Fanfare municipale.

— Crois-tu, lâche Boulotte avec anxiété, qu'il y aura un buffet ou une buvette ?

— Les deux sûrement !

— Ah ! bon.

— Et quand le terrain sera inauguré, demande Ficelle, qu'en fera-t-on ?

— À ce moment-là, ce sera la période des vacances, et des enfants viendront s'y installer.

— Ils auront de la chance ! Ils pourront jouer, courir, nager, faire des courses au trésor ! Vous savez ce que c'est ? On cache quelque chose... par exemple, une épingle à cheveux en plastique vert, et on s'amuse à la chercher. C'est passionnant ! Je voudrais bien qu'on y joue un peu !

— Vraiment, demande Françoise, cela t'amuserait de découvrir un trésor ?

— Je pense bien ! Ce doit être formidable !

Et elle se met à regarder dans le vague d'un air rêveur. Les trois autres filles éclatent de rire.

— Alors, reprend Françoise, tu n'as jamais eu l'occasion de trouver un trésor ? Et les mille pièces d'or de la crypte ?

Ficelle hausse les épaules.

— C'était un trésor, bien sûr, mais un vrai. Il est beaucoup plus amusant de jouer avec un faux.

Françoise se croise les bras avec une indignation feinte :

— Comment, je me casse la tête à déchiffrer des énigmes incompréhensibles, je découvre la cachette d'un authentique trésor, tout ça pour m'entendre dire que tu préfères une épingle en plastique vert ! C'était bien la peine que je me donne tant de mal ! La prochaine fois, je dirai à Fantômette de faire le travail à ma place !

Ficelle se met à rire à son tour et dit malicieusement :

— Qui sait ? Peut-être qu'elle s'en tirera beaucoup mieux que toi !

Table

1. L'étrange voleur 7
2. Ficelle et la Loire 15
3. La maisonnette rouge 27
4. Curieuse disparition 31
5. Curieuse apparition 45
6. Investigations 59
7. Deuxième apparition 71
8. Vendredi soir 87
9. Pots de fleurs et fraises des bois 97
10. Attentats 109
11. Ficelle tend un piège 129
12. La bombe 143
13. Dans la crypte 151
14. Le trésor 163
15. Épilogue 183

Dans la même *collection*...

Cinq collégiennes douées de pouvoirs surnaturels.

Mini, une petite fille pleine de vie !

Pour Futékati, résoudre les énigmes n'est pas un souci.

Totally Spies, trois super espionnes sans peur et sans reproche.

Claude, ses cousins et son chien Dago mènent l'enquête

Bloom et ses amies à l'école des fées d'Alféa

Cédric, les aventures d'un petit garçon bien sympathique.

Esprit Fantômes, les enquêtes d'une famille un peu farfelue.

Composition *Jouve* – 62300 Lens

Imprimé en France par *Partenaires Book*®(JL)
N° dépôt légal : 68800 – avril 2006
20.20.1157.5/01 – ISBN 2-01-201157-8

*Loi n° 49-956 du 16 juillet 1949
sur les publications destinées à la jeunesse*